韓流來襲

你最想學的那些 韓劇臺詞

我想學韓劇裡常出現的臺詞，

為什麼補習班老師都沒有教？

那句台詞不知聽過多少遍了，就是不知道怎麼用、怎麼寫？

國家圖書館出版品預行編目資料

韓流來襲：你最想學的那些韓劇臺詞 / 雅典韓研所企編
-- 初版 -- 新北市：雅典文化，民105.09
面； 公分. -- (生活韓語；07)
ISBN 978-986-5753-70-2(平裝附光碟片)
1. 韓語　　2. 讀本

803.28　　　　　　　　　　　　　105013089

生活韓語系列 07

韓流來襲：你最想學的那些韓劇臺詞

企編／雅典韓研所
責任編輯／呂欣穎
內文排版／王國卿
封面設計／姚恩涵

法律顧問：方圓法律事務所／涂成樞律師

總經銷：永續圖書有限公司　　CVS代理／美璟文化有限公司
永續圖書線上購物網　　　　　TEL：（02）2723-9968
www.foreverbooks.com.tw　　FAX：（02）2723-9668

出版日／2016年9月

雅典文化

出版社

22103　新北市汐止區大同路三段194號9樓之1
TEL　（02）8647-3663
FAX　（02）8647-3660

韓文字是由基本母音、基本子音、複合母音、氣音和硬音所構成。

其組合方式有以下幾種：

1. 子音加母音，例如：저(我)
2. 子音加母音加子音，例如：밤（夜晚）
3. 子音加複合母音，例如：위（上）
4. 子音加複合母音加子音，例如：관（官）
5. 一個子音加母音加兩個子音，如：값（價錢）

簡易拼音使用方式：

1. 為了讓讀者更容易學習發音，本書特別使用「簡易拼音」來取代一般的羅馬拼音。
   規則如下，
   例如：
   그러면 우리 집에서 저녁을 먹자.
   geu.reo.myeon/u.ri/ji.be.seo/jeo.nyeo.geul/meok.jja
   ----------普遍拼音
   geu.ro*.myo*n/u.ri/ji.be.so*/jo*.nyo*.geul/mo*k.jja
   ------------簡易拼音
   那麼，我們在家裡吃晚餐吧！

   文字之間的空格以「/」做區隔。
   不同的句子之間以「//」做區隔。

基本母音：

	韓國拼音	簡易拼音	注音符號
ㅏ	a	a	ㄚ
ㅑ	ya	ya	ㄧㄚ
ㅓ	eo	o*	ㄛ
ㅕ	yeo	yo*	ㄧㄛ
ㅗ	o	o	ㄡ
ㅛ	yo	yo	ㄧㄡ
ㅜ	u	u	ㄨ
ㅠ	yu	yu	ㄧㄨ
ㅡ	eu	eu	(ㄜ)
ㅣ	i	i	ㄧ

特別提示：

1. 韓語母音「ㅡ」的發音和「ㄜ」發音有差異，但嘴型要拉開，牙齒快要咬住的狀態，才發得準。
2. 韓語母音「ㅓ」的嘴型比「ㅗ」還要大，整個嘴巴要張開成「大O」的形狀，
   「ㅗ」的嘴型則較小，整個嘴巴縮小到只有「小o」的嘴型，類似注音「ㄡ」。
3. 韓語母音「ㅕ」的嘴型比「ㅛ」還要大，整個嘴巴要張開成「大O」的形狀，
   類似注音「ㄧㄛ」，「ㅛ」的嘴型則較小，整個嘴巴縮小到只有「小o」的嘴型，類似注音「ㄧㄡ」。

基本子音：

	韓國拼音	簡易拼音	注音符號
ㄱ	g,k	k	ㄎ
ㄴ	n	n	ㄋ
ㄷ	d,t	d,t	ㄊ
ㄹ	r,l	l	ㄌ
ㅁ	m	m	ㄇ
ㅂ	b,p	p	ㄆ
ㅅ	s	s	ㄙ,(ㄒ)
ㅇ	ng	ng	不發音
ㅈ	j	j	ㄗ
ㅊ	ch	ch	ㄘ

特別提示：

1. 韓語子音「ㅅ」有時讀作「ㄙ」的音，有時則讀作「ㄒ」的音。「ㄒ」音是跟母音「ㅣ」搭在一塊時，才會出現。
2. 韓語子音「ㅇ」放在前面或上面不發音；放在下面則讀作「ng」的音，像是用鼻音發「嗯」的音。
3. 韓語子音「ㅈ」的發音和注音「ㄗ」類似，但是發音的時候更輕，氣更弱一些。

氣音：

	韓國拼音	簡易拼音	注音符號
ㅋ	k	k	ㄎ
ㅌ	t	t	ㄊ
ㅍ	p	p	ㄆ
ㅎ	h	h	ㄏ

特別提示：

1. 韓語子音「ㅋ」比「ㄱ」的較重，有用到喉頭的音，音調類似國語的四聲。
   ㅋ＝ㄱ＋ㅎ
2. 韓語子音「ㅌ」比「ㄷ」的較重，有用到喉頭的音，音調類似國語的四聲。
   ㅌ＝ㄷ＋ㅎ
3. 韓語子音「ㅍ」比「ㅂ」的較重，有用到喉頭的音，音調類似國語的四聲。
   ㅍ＝ㅂ＋ㅎ

複合母音：

	韓國拼音	簡易拼音	注音符號
ㅐ	ae	e*	ㄝ
ㅒ	yae	ye*	ㄧㄝ
ㅔ	e	e	ㄟ
ㅖ	ye	ye	ㄧㄟ
ㅘ	wa	wa	ㄨㄚ
ㅙ	wae	we*	ㄨㄝ
ㅚ	oe	we	ㄨㄟ
ㅞ	we	we	ㄨㄟ
ㅝ	wo	wo	ㄨㄛ
ㅟ	wi	wi	ㄨㄧ
ㅢ	ui	ui	ㄜ

特別提示：

1. 韓語母音「ㅐ」比「ㅔ」的嘴型大，舌頭的位置比較下面，發音類似「ae」；「ㅔ」的嘴型較小，舌頭的位置在中間，發音類似「e」。不過一般韓國人讀這兩個發音都很像。

2. 韓語母音「ㅒ」比「ㅖ」的嘴型大，舌頭的位置比較下面，發音類似「yae」；「ㅖ」的嘴型較小，舌頭的位置在中間，發音類似「ye」。不過很多韓國人讀這兩個發音都很像。

3. 韓語母音「ㅚ」和「ㅞ」比「ㅙ」的嘴型小些，「ㅙ」的嘴型是圓的；「ㅚ」、「ㅞ」則是一樣的發音。不過很多韓國人讀這三個發音都很像，都是發類似「we」的音。

硬音：

	韓國拼音	簡易拼音	注音符號
ㄲ	kk	g	ㄍ
ㄸ	tt	d	ㄉ
ㅃ	pp	b	ㄅ
ㅆ	ss	ss	ㄙ
ㅉ	jj	jj	ㄗ

特別提示：

1. 韓語子音「ㅆ」比「ㅅ」用喉嚨發重音，音調類似國語的四聲。
2. 韓語子音「ㅉ」比「ㅊ」用喉嚨發重音，音調類似國語的四聲。

*表示嘴型比較大

Part 1.

高興、安心

Part 2.

心煩、生氣

Part 3.

吵架、責罵

Part 4.

難過、遺憾

Part 5.

心情、感受

Part 6.

評價、判斷

Part **7.**

答應、拒絕

Part 8.

回應他人

Part 9.

請託、命令

Part 10.

建議、安慰

疑問、詢問

Part 14.

交友、戀愛

Part 16.

打招呼、禮貌

Part 17

其他

Part 1

高興、安心

너무 좋아서 미치겠어요.
太開心了！

너무 기뻐요.

no*.mu/gi.bo*.yo

太開心了

會話一

Ⓐ 우리팀이 우승해서 너무 기뻐요.
u.ri.ti.mi/u.seung.he*.so*/no*.mu/gi.bo*.yo
我們的隊取得優勝，太開心了。

Ⓑ 축하해. 파티 하자.
chu.ka.he*//pa.ti/ha.ja
恭喜，我們辦派對吧。

會話二

Ⓐ 무슨 일로 그렇게 기뻐?
mu.seun/il.lo/geu.ro*.ke/gi.bo*
什麼事那麼高興？

Ⓑ 나 오늘 보너스를 받았거든.
na/o.neul/bo.no*.seu.reul/ba.dat.go*.deun
我今天拿到獎金了。

會話三

Ⓐ 이런 좋은 소식을 들으니 참 기뻐요.
i.ro*n/jo.eun/so.si.geul/deu.reu.ni/cham/gi.bo*.
yo
聽到這種好消息，真高興。

Ⓑ 저도 기쁩니다.
jo*.do/gi.beum.ni.da
我也很高興。

例 句

例 이런 곳에 오게 돼서 너무 기뻐요.

i.ro*n/go.se/o.ge/dwe*.so*/no*.mu/gi.bo*.yo

能夠來到這種地方，我很開心。

例 그렇게 칭찬해 주시니 기뻐요.

geu.ro*.ke/ching.chan.he*/ju.si.ni/gi.bo*.yo

您那樣稱讚我，我很高興。

生 詞

팀→隊伍、小組、團隊
tim
우승하다→優勝、奪冠
u.seung.ha.da
보너스→獎金
bo.no*.seu
받다→拿、收、領、接
bat.da
칭찬하다→稱讚、讚揚
ching.chan.ha.da

다행이네요.

da.he*ng.i.ne.yo

萬幸、謝天謝地、太好了

會話一

A 수술은 무사히 잘 끝났어요.
su.su.reun/mu.sa.hi/jal/geun.na.sso*.yo
手術很順利。

B 그래요? 그것 참 다행이네요.
geu.re*.yo//geu.go*t/cham/da.he*ng.i.ne.yo
是嗎？那真是太好了。

會話二

A 열쇠를 찾았어요?
yo*l.swe.reul/cha.ja.sso*.yo
找到鑰匙了嗎？

B 예, 식탁 아래에서 찾았어요.
ye//sik.tak/a.re*.e.so*/cha.ja.sso*.yo
有，在餐桌下找到了。

A 정말로 다행이에요.
jo*ng.mal.lo/da.he*ng.i.e.yo
真的太好了。

例句

例 문제를 해결해서 다행이에요.
mun.je.reul/he*.gyo*l.he*.so*/da.he*ng.i.e.yo
幸好問題解決了。

例 이번 시험이 어렵지 않아서 정말 다행이에요.
i.bo*n/si.ho*.mi/o*.ryo*p.jji/a.na.so*/jo*ng.mal/da.he*ng.i.e.yo
幸好這次考試不難。

生詞

수술→手術

su.sul

무사히→平安地、無事地

mu.sa.hi

열쇠→鑰匙

yo*l.swe

식탁→餐桌

sik.tak

아래→下面

a.re*

해결하다→解決

he*.gyo*l.ha.da

시험→考試

si.ho*m

잘 됐어요.

jal/dwe*.sso*.yo

太好了

會話一

Ⓐ 부모님도 우리의 결혼을 허락하셨어요.

bu.mo.nim.do/u.ri.ui/gyo*l.ho.neul/ho*.ra.ka.syo*.sso*.yo

父母親也答應了我們的婚事。

Ⓑ 정말 잘 됐어요.

jo*ng.mal/jjal/dwe*.sso*.yo

真的太好了。

會話二

Ⓐ 오빠는 언제 퇴원할 수 있어?

o.ba.neun/o*n.je/twe.won.hal/ssu/i.sso*

哥你什麼時候可以出院？

Ⓑ 내일 퇴원해도 괜찮을 거래.

ne*.il/twe.won.he*.do/gwe*n.cha.neul/go*.re*

說是明天就可以出院了。

Ⓐ 잘 됐어.

jal/dwe*.sso*

太好了。

生詞

부모님→父母親、爸媽
bu.mo.nim
결혼→結婚
gyo*l.hon
허락하다→許可、允許、答應
ho*.ra.ka.da

최고!

chwe.go

最高、最厲害、最棒！

會 話

Ⓐ 아빠, 저 곰인형 사 줘.
a.ba//jo*/go.min.hyo*ng/sa/jwo
爸，買那隻熊娃娃給我。

Ⓑ 그래, 그래, 아빠가 사 줄게.
geu.re*//geu.re*//a.ba.ga/sa/jul.ge
好！好！爸爸買給你。

Ⓐ 우와! 아빠 짱! 아빠 최고!
u.wa//a.ba/jjang//a.ba/chwe.go
哇！爸爸最棒！爸爸最厲害！

例 句

例 기분이 최고다!
gi.bu.ni/chwe.go.da
心情很棒！

例 우리 오빠들 최고예요!
u.ri/o.ba.deul/chwe.go.ye.yo
我的哥哥們最棒！

例 오빠 연기는 정말 최고였어요!
o.ba/yo*n.gi.neun/jo*ng.mal/chwe.go.yo*.
sso*.yo
哥哥的演技真的很棒！

生 詞

곰인형→熊娃娃、玩具熊
go.min.hyo*ng

축하해요.

chu.ka.he*.yo

恭喜你、祝賀你

會 話

Ⓐ 결혼을 축하해요.
gyo*l.ho.neul/chu.ka.he*.yo
恭喜你結婚。

Ⓐ 두 분 정말 잘 어울리세요.
du/bun/jo*ng.mal/jjal/o*.ul.li.se.yo
兩位真的很班配。

Ⓑ 고맙습니다.
go.map.sseum.ni.da
謝謝。

例 句

例 생일 축하합니다.
se*ng.il/chu.ka.ham.ni.da
生日快樂。

例 승진을 진심으로 축하드립니다.
seung.ji.neul/jjin.si.meu.ro/chu.ka.deu.rim.ni.
da
真心恭喜您升遷。

生 詞

두 분→兩位	
du/bun	
어울리다→協調、般配、和諧	
o*.ul.li.da	
생일→生日	
se*ng.il	

Part 2

心煩、生氣

정말 귀찮아 죽겠어요.
真的麻煩死了。

답답해요.

dap.da.pe*.yo

煩悶、鬱悶

會話

A 은영아, 잠깐 나 좀 보자.

eu.nyo*ng.a//jam.gan/na/jom/bo.ja

恩英，過來跟我聊一會。

B 네. 오빠, 왜요?

ne//o.ba//we*.yo

好！哥，怎麼了。

A 난 사실…있잖아…

nan/sa.sil//it.jja.na

我其實…就是啊…

A 그게…

geu.ge

那個…

B 아, 답답해요. 빨리 말해요.

a//dap.da.pe*.yo//bal.li/mal.he*.yo

啊！真鬱悶，你快點説！

例句

例 여러분 되게 답답하시죠?

yo*.ro*.bun/dwe.ge/dap.da.pa.si.jyo

各位覺得很鬱悶吧?

例 사무실이 너무 답답하지 않아요? 창문 좀 열어 주세요.

sa.mu.si.ri/no*.mu/dap.da.pa.ji/a.na.yo//chang.mun/jom/yo*.ro*/ju.se.yo

你們不覺得辦公室很不透氣嗎？請幫我開窗戶。

生詞

사실→其實、事實上	
sa.sil	
답답하다→不透氣、悶、鬱悶	
dap.da.pa.da	
되게→很、非常、十分	
dwe.ge	
창문을 열다→開窗戶	
chang.mu.neul/yo*l.da	
말하다→說、訴說	
mal.ha.da	
여러분→各位、大家、諸位	
yo*.ro*.bun	
사무실→辦公室	
sa.mu.sil	

짜증나요!

jja.jeung.na.yo

很煩、很討厭！

會話

Ⓐ 화장실을 청소하기가 정말 짜증나요.
hwa.jang.si.reul/cho*ng.so.ha.gi.ga/jo*ng.mal/
jja.jeung.na.yo
打掃廁所很煩耶！

Ⓑ 불평하지 말고 빨리 닦아요.
bul.pyo*ng.ha.ji/mal.go/bal.li/da.ga.yo
不要抱怨，趕快擦。

例句

例 줄을 서서 기다리는 건 정말 짜증나.
ju.reul/sso*.so*/gi.da.ri.neun/go*n/jo*ng.mal/
jja.jeung.na
排隊等待真的很煩！

例 귀찮아 죽겠어. 짜증나.
gwi.cha.na/juk.ge.sso*//jja.jeung.na
煩死人了！

生詞

불평하다→發牢騷、抱怨	
bul.pyo*ng.ha.da	
닦다→擦	
dak.da	
줄을 서다→排隊	
ju.reul/sso*.da	
귀찮다→麻煩、討厭、煩人	
gwi.chan.ta	

지겨워 죽겠어요.

ji.gyo*.wo/juk.ge.sso*.yo

煩死了

會話

Ⓐ 매일 어머니 잔소리를 듣느라 지겨워
죽겠어.

me*.il/o*.mo*.ni/jan.so.ri.reul/deun.neu.ra/ji.
gyo*.wo/juk.ge.sso*

每天聽媽媽碎碎念，煩死了。

Ⓑ 이게 다 널 위한 것이야. 철 좀 들어.

i.ge/da/no*l/wi.han/go*.si.ya//cho*l/jom/deu.
ro*

這都是為了你好，懂事一點吧！

例句

例 매일 똑같은 일상이 지겨워요.

me*.il/dok.ga.teun/il.sang.i/ji.gyo*.wo.yo

厭煩了每天一成不變的生活。

生詞

지겹다→厭煩、膩煩	
ji.gyo*p.da	
매일→每天、天天	
me*.il	
위하다→為了	
wi.ha.da	
철이 들다→懂事	
cho*.ri.deul.da	
똑같다→完全一樣、一模一樣	
dok.gat.da	

잔소리 그만하세요.

jan.so.ri/geu.man.ha.se.yo

別嘮叨、別再念了

會話

Ⓐ 엄마, 전 어린 아이도 아닌데 잔소리 좀 그만하세요.

o*m.ma//jo*n/o*.rin/a.i.do/a.nin.de/jan.so.ri/jom/geu.man.ha.se.yo

媽，我不是小孩子了，別再念了。

Ⓑ 잔소리 듣기 싫으면 제발 공부 좀 해라.

jan.so.ri/deut.gi/si.reu.myo*n/je.bal/gong.bu/jom/he*.ra

如果不想被念，拜託你念點書吧。

例句

例 우리 어머니는 나에게 전혀 잔소리를 하지 않는다.

u.ri/o*.mo*.ni.neun/na.e.ge/jo*n.hyo*/jan.so.ri.reul/ha.ji/an.neun.da

我媽媽完全不會念我。

例 제발 잔소리 좀 하지 마세요.

je.bal/jjan.so.ri/jom/ha.ji/ma.se.yo

拜託不要嘮叨。

例 알았으니까 잔소리 좀 그만 해요.

a.ra.sseu.ni.ga/jan.so.ri/jom/geu.man/he*.yo

我知道了，你別嘮叨了。

生詞

어리다→幼小、幼稚

o*.ri.da

아이→小孩、孩子
a.i
전혀→壓根、完全、全然（後接否定句）
jo*n.hyo*
알다→知道、明白
al.da
엄마→媽媽、媽咪
o*m.ma
듣다→聽、聽到
deut.da
싫다→討厭、不要
sil.ta
공부하다→學習、念書
gong.bu.ha.da

❷
心煩、生氣

재촉하지 말아요.

je*.cho.ka.ji/ma.ra.yo

別催了

會話

Ⓐ 빨리 나와요.

bal.li/na.wa.yo

你快點出來。

Ⓐ 다들 기다리고 있잖아요.

da.deul/gi.da.ri.go/it.jja.na.yo

大家都在等你。

Ⓑ 재촉하지 말아요.

je*.cho.ka.ji/ma.ra.yo

別再催我了。

Ⓑ 아직은 준비 중이에요.

a.ji.geun/jun.bi/jung.i.e.yo

我還在準備當中。

例句

例 이따가 할 거니까 재촉하지 마.

i.da.ga/hal/go*.ni.ga/je*.cho.ka.ji/ma

等一下我會做，別催了。

例 재촉하지 말고 조금만 더 기다려 주세요.

je*.cho.ka.ji/mal.go/jo.geum.man/do*/gi.da.ryo*/ju.se.yo

別催了，請您再等一會吧。

生詞

나오다→出來

na.o.da

미치겠어요.

mi.chi.ge.sso*.yo.

我要瘋了、抓狂！

會話一

Ⓐ 정말 미치겠어.
jo*ng.mal/mi.chi.ge.sso*
真的要瘋了。

Ⓐ 난 얼마나 더 기다려야 되니?
nan/o*l.ma.na/do*/gi.da.ryo*.ya/dwe.ni
我到底還要等多久？

Ⓑ 조금만 더 기다리자. 곧 올거야.
jo.geum.man/do*/gi.da.ri.ja/got/ol.go*.ya
我們再等一會吧。馬上就來了。

會話二

Ⓐ 진짜 미치겠네.
jin.jja/mi.chi.gen.ne
真的要瘋了！

Ⓐ 왜 이렇게 연락이 안 되는 거야?
we*/i.ro*.ke/yo*l.la.gi/an/dwe.neun/go*.ya
為什麼一直連絡不上？

Ⓑ 걱정하지 마세요. 제가 찾으러 나가겠
습니다.
go*k.jjo*ng.ha.ji/ma.se.yo//je.ga/cha.jeu.ro*/
na.ga.get.sseum.ni.da
您別擔心，我出去找找。

例句

例 너 때문에 정말 미치겠어.
no*/de*.mu.ne/jo*ng.mal/mi.chi.ge.sso*
因為你，我真的要瘋了。

例 너 미친거 아니야?
no*/mi.chin.go*/a.ni.ya
你瘋了嗎?

例 제정신이니?
je.jo*ng.si.ni.ni
你瘋了嗎?

生詞

미치다→發瘋、抓狂
mi.chi.da

얼마나→多少、多麼、多（使用在疑問句
中，表示程度）
o*l.ma.na

기다리다→等、等待
gi.da.ri.da

곧→馬上、立刻
got

연락이 안 되다→連絡不上
yo*l.la.gi/an/dwe.da

제정신→（自己本來的）精神
je.jo*ng.sin

열 받아요.

yo*l/ba.da.yo

上火、生氣

會話

Ⓐ 무슨 일 있어?
mu.seun/il/i.sso*
你怎麼了？

Ⓐ 표정이 왜 그래?
pyo.jo*ng.i/we*/geu.re*
表情怎麼那樣？

Ⓑ 동생이 자꾸 내 옷을 허락 없이 입고 가는데 정말 열 받아.
dong.se*ng.i/ja.gu/ne*/o.seul/ho*.rak/o*p.ssi/ip.go/ga.neun.de/jo*ng.mal/yo*l/ba.da
妹妹老是沒經過我的同意，就穿我的衣服出門，真的很火大！

例句

例 사기를 당했어요. 너무 열 받아요.
sa.gi.reul/dang.he*.sso*.yo//no*.mu/yo*l/ba.da.yo
我受騙了，太火大了。

例 자, 열 받지 마시고 한 잔 하세요.
ja//yo*l/bat.jji/ma.si.go/han/jan/ha.se.yo
來！別氣了，先喝一杯吧！

例 걔가 또 약속을 어겼어. 정말 열 받아!
gye*.ga/do/yak.sso.geul/o*.gyo*.sso*//jo*ng.mal/yo*l/ba.da
他又違約了，真是氣死人。

生詞

표정→表情、神色

pyo.jo*ng

자꾸→老是、總是

ja.gu

허락→許可、答應、允許

ho*.rak

입다→穿（衣服）

ip.da

사기를 당하다→受騙、被詐騙

sa.gi.reul/dang.ha.da

동생→弟弟、妹妹

dong.se*ng

한 잔→一杯

han/jan

걔→他、那孩子（그 아이的縮寫）

gye*

약속→約定、約束

yak.ssok

어기다→違背、違反

o*.gi.da

화가 났어요.

hwa.ga/na.sso*.yo

生氣了、發火了

會話一

Ⓐ 너 왜 그래? 화가 났어?

no*/we*/geu.re*//hwa.ga/na.sso*

你怎麼了？生氣了？

Ⓐ 왜 화났어? 나 때문이야?

we*/hwa.na.sso*//na.de*.mu.ni.ya

為什麼生氣？因為我嗎？

Ⓑ 네가 무슨 짓을 했는지 정말 몰라서
물어?

ni.ga/mu.seun/ji.seul/he*n.neun.ji/jo*ng.mal/
mol.la.so*/mu.ro*

你是真的不知道你自己幹了什麼好事嗎？

會話二

Ⓐ 누나, 어제 나한테 화 안 났어요?

nu.na//o*.je/na.han.te/hwa/an.na.sso*.yo

姊，你昨天沒生我的氣嗎？

Ⓑ 내가 왜 화나? 나 화 안 났는데.

ne*.ga/we*/hwa.na//na/hwa/an.nan.neun.de

我幹嘛要生氣？我沒有生氣啊！

會話三

Ⓐ 화 안 내요?

hwa/an/ne*.yo

你不生氣嗎？

Ⓑ 왜 화를 내야 하는데?

we*/hwa.reul/ne*.ya/ha.neun.de

我為什麼要生氣？

例 句

例 아직도 저한테 화나셨어요?

a.jik.do/jo*.han.te/hwa.na.syo*.sso*.yo

您還在生我的氣嗎？

例 왜 그렇게 화가 났어요?

we*/geu.ro*.ke/hwa.ga/na.sso*.yo

你為什麼那麼生氣？

例 생각할 수록 화가 나요.

se*ng.ga.kal/ssu.rok/hwa.ga/na.yo

越想越氣。

例 화내지 마세요.

hwa.ne*.ji/ma.se.yo

別生氣。

生 詞

화가 나다→發火、生氣
hwa.ga/na.da
짓→壞事、勾當
jit
모르다→不知道、不懂
mo.reu.da
묻다→問、詢問
mut.da
화를 내다→動怒、發脾氣、生氣
hwa.reul/ne*.da

기가 막혀요.

gi.ga/ma.kyo*.yo

氣死我了、呼吸不順

會話

Ⓐ 네 전 남친말이야. 내일 결혼한대.
ni/jo*n/nam.chin.ma.ri.ya//ne*.il/gyo*l.hon.
han.de*

你前男友…聽説明天要結婚了。

Ⓑ 헐, 기가 막히네. 신부는 누구야?
ho*l//gi.ga/ma.ki.ne//sin.bu.neun/nu.gu.ya

我暈，氣死我了，新娘是誰？

例句

例 기가 막혀 말이 안 나오네.
gi.ga/ma.kyo*/ma.ri/an/na.o.ne

我氣到都説不出話來了。

例 그말만 생각하면 기가 막혀요.
geu.mal.man/se*ng.ga.ka.myo*n/gi.ga/ma.
kyo*.yo

想到那句話，我就生氣。

例 참 기가 막혀 정말 미치겠어.
cham/gi.ga/ma.kyo*/jo*ng.mal/mi.chi.ge.sso*

真的是氣到要瘋掉了。

生詞

전 남친→前男友（전 남자친구的略語）

jo*n/nam.chin

헐→為流行語，表示受到衝擊、刺激的感
受。

ho*l

❷
心
煩
、
生
氣

0
4
8

신부→新娘
sin.bu

생각하다→想、回想
se*ng.ga.ka.da

참→真
cham

네→你的（너의的略語）
ni

결혼하다→結婚
gyo*l.hon.ha.da

누구→誰
nu.gu

말→話
mal

나오다→出來
na.o.da

그말→那句話
geu.mal

미치다→瘋、抓狂、發瘋
mi.chi.da

Part 3

吵架、責罵

거짓말하면 죽는다. 알지?

你敢說謊就死定了，知道吧？

그만해!

geu.man.he*

夠了、停下來、別繼續了

會話

A TV만 보지 말고 들어 가서 공부해라.

tv.man/bo.ji/mal.go/deu.ro*/ga.so*/gong.bu.he*.ra

不要一直看電視，該進去念書了。

A 그리고 숙제 다 끝낸 거니?

geu.ri.go/suk.jje/da/geun.ne*n/go*.ni

還有你作業都做完了嗎？

B 숙제는 이따가 할게요.

suk.jje.neun/i.da.ga/hal.ge.yo

作業等一下會寫。

B 잔소리를 좀 그만하세요.

jan.so.ri.reul/jjom/geu.man.ha.se.yo

你不要再嘮叨了。

例句

例 그만! 그만해요! 그러다 죽겠어요.

geu.man//geu.man.he*.yo//geu.ro*.da/juk.ge.sso*.yo

住手！住手！這樣下去會死人的！

例 그만해! 제발 그만 좀 때려!

geu.man.he*//je.bal/geu.man/jom/de*.ryo*

夠了！拜託不要再打了。

例 제발 잘난 척 좀 그만해.

je.bal/jjal.lan/cho*k/jom/geu.man.he*

拜託不要再自以為是了！

生詞

공부하다→念書、學習	
gong.bu.ha.da	
숙제→作業、習題	
suk.jje	
잔소리→囉嗦、嘮叨	
jan.so.ri	
때리다→打人、揍	
de*.ri.da	
들어가다→進去	
deu.ro*.ga.da	
끝내다→結束	
geun.ne*.da	
죽다→死	
juk.da	
잘나다→了不起、長得帥、厲害	
jal.la.da	

③ 吵架、責罵

나가!

na.ga

給我出去！

會話

Ⓐ 나가! 꼴도 보기 싫어!
na.ga//gol.do/bo.gi/si.ro*
出去！我不想再看到你！

Ⓑ 갑자기 왜 그러는데?
gap.jja.gi/we*/geu.ro*.neun.de
你幹嘛突然那樣？

Ⓑ 이유는 말해 줘야 할 거 아니야?
i.yu.neun/mal.he*/jwo.ya/hal.go*/a.ni.ya
理由總要跟我說說吧？

例句

例 나가! 제발 내 방에서 나가라고!
na.ga//je.bal/ne*/bang.e.so*/na.ga.ra.go
出去！拜託快滾出我房間！

例 나가세요. 더 이상 당신과 이곳에 있고 싶지 않습니다.
na.ga.se.yo//do*/i.sang/dang.sin.gwa/i.go.se/it.go/sip.jji/an.sseum.ni.da
請你出去！我不想跟你繼續待在這裡。

生詞

꼴→樣子、外表、長相	
gol	
갑자기→突然	
gap.jja.gi	

이유→理由
i.yu

방→房間
bang

나가다→出去
na.ga.da

이곳→這個地方、此地
i.got

보다→看
bo.da

그렇다→那樣
geu.ro*.ta

말하다→說、講
mal.ha.da

제발→拜託、求你
je.bal

있다→待、待在
it.da

꺼져 버려!

go*.jo*/bo*.ryo*

滾開！

會 話

A 아버지, 전 급히 200만원이 필요해요.

a.bo*.ji//jo*n/geu.pi/i.be*ng.ma.nwo.ni/pi.ryo.he*.yo

爸，我急需200萬韓幣。

A 돈 좀 빌려 주실 수 있어요?

don/jom/bil.lyo*/ju.sil/su/i.sso*.yo

您可以借我錢嗎？

A 나중에 꼭 갚겠어요.

na.jung.e/gok/gap.ge.sso*.yo

我以後一定還給您。

B 못난 놈! 내가 바쁜 게 안 보여?

mon.nan/nom//ne*.ga/ba.beun/ge/an/bo.yo*

沒出息的傢伙，沒看到我在忙嗎？

B 쓸데없는 소리하지 말고 꺼져 버려!

sseul.de.o*.m.neun/so.ri.ha.ji/mal.go/go*.jo*/bo*.ryo*

不要再講那些沒用的廢話，快滾！

例 句

例 이 쓸모없는 놈, 썩 꺼져 버려!

i/sseul.mo.o*.m.neun/nom//sso*k/go*.jo*/bo*.ryo*

這沒用的傢伙，快給我滾出去！

例 이 놈들! 썩 꺼지지 못해?

i/nom.deul//sso*k/go*.ji.ji/mo.te*

你們這些傢伙！還不快給我滾出去嗎？

例 내 눈앞에서 사라져!

ne*/nu.na.pe.so*/sa.ra.jo*

快從我眼前消失！

例 멀리 꺼져버려!

mo*l.li/go*.jo*.bo*.ryo*

給我滾遠一點！

生 詞

급히→急忙、緊急	
geu.pi	
필요하다→需要、必要	
pi.ryo.ha.da	
못나다→沒出息	
mon.na.da	
쓸데없다→無用、沒有用	
sseul.de.o*p.da	

저 아니에요.

jo*/a.ni.e.yo

不是我！

會 話

A 내 지갑이 없어졌는데 네가 가져갔지?

ne*/ji.ga.bi/o*p.sso*.jo*n.neun.de/ni.ga/ga.jo*.gat.jji

我的錢包不見了，你拿走了對吧？

B 나 아니야. 지금 나를 의심하는 거야?

na/a.ni.ya//ji.geum/na.reul/ui.sim.ha.neun/go*.ya

不是我！你現在是在懷疑我嗎？

例 句

例 저 아니에요. 오해하지 마세요.

jo*/a.ni.e.yo//o.he*.ha.ji/ma.se.yo

不是我！不要誤會！

例 이거 동생이 한 거예요. 저 아니에요.

i.go*/dong.se*ng.i/han/go*.ye.yo//jo*/a.ni.e.yo

這是弟弟做的，不是我！

生 詞

지갑→**皮夾、錢包**	
ji.gap	
가져가다→**拿走、帶走**	
ga.jo*.ga.da	
의심하다→**懷疑、疑心**	
ui.sim.ha.da	
오해하다→**誤會、誤解**	
o.he*.ha.da	

입 다물어!

ip/da.mu.ro*

閉嘴、住口！

會 話

A 입 다물어! 듣기 싫어!
ip/da.mu.ro*//deut.gi/si.ro*
閉嘴！我不想聽！

B 아니, 너 꼭 알아야 돼.
a.ni//no*/gok/a.ra.ya/dwe*
不！你一定要知道！

例 句

例 그 입 좀 다물지 못해?
geu/ip/jom/da.mul.ji/mo.te*
還不閉上你的嘴嗎？

例 입 닥쳐! 무슨 헛소리를 하는 거야?
ip/dak.cho*//mu.seun/ho*t.sso.ri.reul/ha.neun/
go*.ya
閉嘴！你在胡說八道什麼？

生 詞

다물다→閉嘴、沉默	
da.mul.da	
듣다→聽	
deut.da	
입 닥치다→閉嘴、住口	
ip/dak.chi.da	
헛소리→胡說八道、瞎話	
ho*t.sso.ri	

❸ 吵架、責罵

두고 보자!

du.go/bo.ja

等著瞧、走著瞧

會 話

Ⓐ 누가 이길지 두고 보자!
nu.ga/i.gil.ji/du.go/bo.ja
等著瞧吧，看誰會贏！

Ⓑ 내가 반드시 이길 거다.
ne*.ga/ban.deu.si/i.gil/go*.da
我一定會贏的。

Ⓑ 각오해 두는 게 좋아!
ga.go.he*/du.neun/ge/jo.a
你最好先有心理準備。

例 句

例 그래. 한 번 두고 보자.
geu.re*//han/bo*n/du.go/bo.ja
好！我們走著瞧！

例 결과가 나올 때까지 두고 봅시다.
gyo*l.gwa.ga/na.ol/de*.ga.ji/du.go/bop.ssi.da
到結果出來為止，我們走著瞧吧。

生 詞

이기다→贏、獲勝

i.gi.da

반드시→一定、必定

ban.deu.si

각오하다→覺悟、思想準備

ga.go.ha.da

결과→結果、結局

gyo*l.gwa

어림도 없어요.

o*.rim.do/o*p.sso*.yo

門都沒有、別想、想都別想

會話

Ⓐ 내 성적으로는 정말 서울대에 못 가는
거야?

ne*/so*ng.jo*.geu.ro.neun/jo*ng.mal/sso*.ul.
de*.e/mot/ga.neun/go*.ya

真的以我的成績去不了首爾大學嗎？

Ⓑ 그래. 어림도 없어. 꿈깨!

geu.re*//o*.rim.do/o*p.sso*//gum.ge*

對，門都沒有，醒醒吧！

例句

例 어림도 없어. 꿈도 꾸지 마!

o*.rim.do/o*p.sso*//gum.do/gu.ji/ma

想都別想，別做夢了！

例 한 번은 봐 드렸지만 두 번은 어림도
없습니다.

han/bo*.neun/bwa/deu.ryo*t.jji.man/du/bo*.
neun/o*.rim.do/o*p.sseum.ni.da

第一次就原諒你了，但可別想要有第二次。

生詞

성적→成績	
so*ng.jo*k	
꿈→夢、夢想	
gum	
깨다→醒、清醒、覺悟	
ge*.da	

국물도 없어.

gung.mul.do/o*p.sso*

休想、撈不到任何好處、什麼都沒有

會話

A 미안합니다. 늦었습니다.

mi.an.ham.ni.da/neu.jo*t.sseum.ni.da

對不起，我來晚了。

B 야! 너 다음에 또 늦으면 국물도 없다.

ya//no*/da.eu.me/do/neu.jeu.myo*n/gung.mul.
do/o*p.da

喂！你下次再遲到，你什麼都沒有。

例句

例 너 까불면 국물도 없어!

no*/ga.bul.myo*n/gung.mul.do/o*p.sso*

你搗蛋的話，就什麼都別想要！

例 말 안 들으면 이제 국물도 없어!

mal/an/deu.reu.myo*n/i.je/gung.mul.do/o*p.
sso*

你如果不聽話，就什麼都沒有！

生詞

다음→之後、下次	
da.eum	
까불다→搗蛋、調皮、耍壞	
ga.bul.da	
말을 듣다→聽話、服從	
ma.reul/deut.da	
이제→現在起	
i.je	

상관하지 말아요.

sang.gwan.ha.ji/ma.ra.yo

你別管、請別插手

會話

Ⓐ 그건 내 일이다. 상관하지 마.

geu.go*n/ne*/i.ri.da//sang.gwan.ha.ji/ma

那是我的事情，你別管。

Ⓑ 일이 이렇게 엉망이 되었는데 어떻게 상관을 안 해?

i.ri/i.ro*.ke/o*ng.mang.i/dwe.o*n.neun.de/o*. do*.ke/sang.gwa.neul/an/he*

事情變得這麼糟，我怎能不管？

例句

例 내 일은 내가 알아서 해. 당신이 상관 할 일이 아니야.

ne*/i.reun/ne*.ga/a.ra.so*/he*//dang.si.ni/sang. gwan.hal/i.ri/a.ni.ya

我的事情我自己會處理，你不應該插手。

例 제가 결정할 일입니다. 상관하지 마세 요.

je.ga/gyo*l.jo*ng.hal/i.rim.ni.da//sang.gwan. ha.ji/ma.se.yo

我決定的事情，請別管。

生詞

그건→那個（그것은的略語）
geu.go*n
당신→你
dang.sin

꿈도 꾸지 마요.

gum.do/gu.ji/ma.yo

休想、別做夢了、想都別想

會 話

Ⓐ 우리 이혼하자.

u.ri/i.hon.ha.ja

我們離婚吧。

Ⓑ 이혼? 꿈도 꾸지 마.

i.hon//gum.do/gu.ji/ma

離婚？你別做夢了！

Ⓑ 내가 원하는 조건 아니면 이혼 안 해.

ne*.ga/won.ha.neun/jo.go*n/a.ni.myo*n/i.hon/
an/he*

如果不是我要的條件，我不離婚。

例 句

例 개랑 결혼하는 건 꿈도 꾸지 마!

gye*.rang/gyo*l.hon.ha.neun/go*n/gum.do/gu.
ji/ma

你休想跟他結婚。

例 이런 식으로 만날 줄은 정말 꿈도 꾸
지 못했어요.

i.ro*n/si.geu.ro/man.nal/jju.reun/jo*ng.mal/
gum.do/gu.ji/mo.te*.sso*.yo

我作夢也沒想到會以這種方式見面。

生 詞

이혼하다→離婚

i.hon.ha.da

원하다→希望、願

won.ha.da

조건→條件

jo.go*n

걔→那個孩子、他（그 아이的縮寫）

gye*

식→方式、辦法

sik

정말→真的、真

jo*ng.mal

만나다→見面、相遇、相逢

man.na.da

날 속이지 말아요.

nal/sso.gi.ji/ma.ra.yo

別騙我！

會話

A 날 속이지 말고 솔직히 말해 줘.
nal/sso.gi.ji/mal.go/sol.jji.ki/mal.he*/jwo
不要騙我，老實跟我說吧。

B 미안해. 지금은 안 돼.
mi.an.he*//ji.geu.meun/an/dwe*
對不起，現在不行。

B 나중에 꼭 알려 줄게.
na.jung.e/gok/al.lyo*/jul.ge
以後一定跟你說。

例句

例 다 알았어. 이젠 더 이상 날 속이지 마.
da/a.ra.sso*//i.jen/do*/i.sang/nal/sso.gi.ji/ma
我都知道了，現在你別再騙我了。

例 더 이상 저를 속이지 말아 주세요.
do*/i.sang/jo*.reul/sso.gi.ji/ma.ra/ju.se.yo
請您別再騙我了。

例 너는 나를 속일 수 없어!
no*.neun/na.reul/sso.gil/su/o*p.sso*
你騙不了我！

生詞

솔직히→直率地、坦誠地、老實地	
sol.jji.ki	
말하다→說、訴說	
mal.ha.da	

알려 주다→告知、交代	
al.lyo*/ju.da	
꼭→一定、必定	
gok	
이상→以上	
i.sang	
날→我（나를的縮寫）	
nal	
미안하다→對不起、抱歉	
mi.an.ha.da	
지금→現在	
ji.geum	
나중에→以後、過一陣子	
na.jung.e	

헛소리하지 마!

ho*t.sso.ri.ha.ji/ma

別亂說、別胡說八道、別瞎說！

會話

Ⓐ 헛소리하지 말고 일이나 해.

ho*t.sso.ri.ha.ji/mal.go/i.ri.na/he*

別亂說，做你的事情！

Ⓑ 헛소리가 아니에요. 진짜라니까요.

ho*t.sso.ri.ga/a.ni.e.yo//jin.jja.ra.ni.ga.yo

這不是亂說，就說是真的。

例句

例 너 헛소리 할 거면 당장 나가.

no*/ho*t.sso.ri/hal/go*.myo*n/dang.jang/na.ga

你若要胡說八道，就馬上出去！

例 헛소리는 그만해라.

ho*t.sso.ri.neun/geu.man.he*.ra

別再亂說了。

生詞

일→事情、工作

il

진짜→真的、真

jin.jja

당장→馬上、當場

dang.jang

그만하다→停下、住口

geu.man.ha.da

시치미 떼지 마.

si.chi.mi/de.ji/ma

別裝蒜、別假裝不知道

會 話

Ⓐ 시치미 떼지 마.
si.chi.mi/de.ji/ma
別裝蒜了。

Ⓐ 다 알고 있으니까. 다 말해 봐라.
da/al.go/i.sseu.ni.ga//da/mal.he*/bwa.ra
我都知道了，你全都說出來吧。

Ⓑ 뭘 말해?
mwol/mal.he*
要說什麼？

例 句

例 모르는 척하지 마!
mo.reu.neun/cho*.ka.ji/ma
別假裝不知道！

例 시치미 떼지 말고 사실대로 말해요.
si.chi.mi/de.ji/mal.go/sa.sil.de*.ro/mal.he*.yo
別裝蒜了，如實說出來。

生 詞

시치미→佯裝不知、假裝不知	
si.chi.mi	
다→都、全部	
da	
알다→知道	
al.da	

3
吵架、責罵

0
6
8

거짓말하지 마세요.

go*.jin.mal.ha.jji/ma.se.yo

請不要說謊

會話

A 저 아니에요. 진짜 아니에요. 믿어 주세요.

jo*.a.ni.e.yo//jin.jja/a.ni.e.yo//mi.do*/ju.se.yo

不是我，真的不是，請相信我。

B 거짓말 하지 마.

go*.jin.mal/ha.ji/ma

你別說謊！

A 진짜 저 아니라니까요!

jin.jja/jo*/a.ni.ra.ni.ga.yo

就說真的不是我了！

A 왜 그렇게 저를 못 믿으세요?

we*/geu.ro*.ke/jo*.reul/mon/mi.deu.se.yo

你為什麼那麼不相信我呢？

例句

例 나는 거짓말하는 사람이 세상에서 제일 싫어요.

na.neun/go*.jin.mal.ha.neun/sa.ra.mi/se.sang.e.so*/je.il/si.ro*.yo

這世上我最討厭會說謊的人。

例 나한테 거짓말할 생각 하지 마라.

na.han.te/go*.jin.mal.hal/sse*ng.gak/ha.ji.ma.ra

別想對我說謊。

生詞

거짓말→謊話、謊言、假話	
go*.jin.mal	
세상→世上、世界	
se.sang	
제일→最、第一	
je.il	
싫다→討厭、不願意、不喜歡	
sil.ta	
아니다→不是	
a.ni.da	
믿다→相信	
mit.da	
왜→為什麼	
we*	
생각→想法、思維	
se*ng.gak	

떠들지 말아요!

do*.deul.jji/ma.ra.yo

別吵了

會話

Ⓐ 선연아, 여기서 떠들지 마. 네 방에서 놀아.

so*.nyo*.na//yo*.gi.so*/do*.deul.jji/ma//ni/bang.e.so*/no.ra

善延，不要在這吵鬧。去你房間玩。

Ⓑ 미안해. 아빠, 나갈게.

mi.an.he*//a.ba//na.gal.ge

對不起，爸，我出去了。

例句

例 떠들지 말아요! 조용히 하세요.

do*.deul.jji/ma.ra.yo//jo.yong.hi/ha.se.yo

別吵了！請安靜。

例 너무 시끄럽게 떠들지 마.

no*.mu/si.geu.ro*p.ge/do*.deul.jji/ma

不要太吵。

生詞

떠들다→喧嘩、吵鬧	
do*.deul.da	
놀다→玩	
nol.da	
아빠→爸爸（暱稱）	
a.ba	
시끄럽다→吵雜、吵鬧	
si.geu.ro*p.da	

허풍 떨지 마.

ho*.pung/do*l.ji/ma

別吹牛、不要說大話

會話

Ⓐ 허풍 떨지 마. 아무도 안 믿으니까.
ho*.pung/do*l.ji/ma//a.mu.do/an/mi.deu.ni.ga
你別吹牛，沒有人會相信。

Ⓑ 허풍 아니야. 난 진짜 할 수 있다고.
ho*.pung/a.ni.ya//nan/jin.jja/hal/ssu/it.da.go
這不是吹牛，我真的辦得到。

例句

例 큰 소리치지 마.
keun/so.ri.chi.ji/ma
別說大話。

例 뻥 치지 마.
bo*ng/chi.ji/ma
別吹牛了。

生詞

허풍→浮誇、誑語	
ho*.pung	
아무도→沒有人、一個人也	
a.mu.do	
믿다→相信、信任	
mit.da	
소리→聲音、話	
so.ri	

오해하지 마세요.

o.he*.ha.ji.ma.se.yo

請別誤會

會 話

Ⓐ 너 양다리를 걸치니?

no*/yang.da.ri.reul/go*l.chi.ni

你劈腿嗎？

Ⓐ 그 여자는 누구야?

geu/yo*.ja.neun/nu.gu.ya

那個女的是誰？

Ⓑ 오해하지 마. 우리 그런 사이 아니야.

o.he*.ha.ji.ma//u.ri/geu.ro*n/sa.i/a.ni.ya

別誤會，我們不是那種關係。

例 句

例 절대 그런 뜻이 아닙니다. 오해하지 마
세요.

jo*l.de*/geu.ro*n/deu.si/a.nim.ni.da//o.he*.ha.
ji.ma.se.yo

我絕對不是那個意思，您別誤會。

例 진짜 오해하지 마세요! 아셨죠?

jin.jja/o.he*.ha.ji.ma.se.yo//a.syo*t.jjyo

真的請您別誤會，知道吧？

生 詞

양다리→兩條腿
yang.da.ri

걸치다→搭、跨、架
go*l.chi.da

Part 4

難過、遺憾

파티에 가지 못해서 정말 아쉬워요.

無法參加派對真的很可惜。

우울해요.

u.ul.he*.yo

憂鬱、心情低落

會 話

A 무슨 일로 그렇게 우울해요?
mu.seun/il.lo/geu.ro*.ke/u.ul.he*.yo
你因為何事那麼憂鬱呢？

B 여자친구가 헤어지자고 해.
yo*.ja.chin.gu.ga/he.o*.ji.ja.go/he*
我女朋友說要分手。

B 내가 어떻게 해야 되지?
ne*.ga/o*.do*.ke/he*.ya/dwe.ji
我該怎麼做才好？

例 句

例 기분이 우울해요.
gi.bu.ni/u.ul.he*.yo
心情很憂鬱。

例 지금 너무 우울해요.
ji.geum/no*.mu/u.ul.he*.yo
我現在很憂鬱。

生 詞

그렇다→**那樣**
geu.ro*.ta

여자친구→**女朋友**
yo*.ja.chin.gu

헤어지다→**分開、分手**
he.o*.ji.da

끝났어요.

geun.na.sso*.yo

結束了、完了

會話一

Ⓐ 너 오늘 약속 없어? 데이트 안 해?
no*/o.neul/yak.ssok/o*p.sso*//de.i.teu/an/he*
你今天沒有約？不去約會？

Ⓑ 우리는 끝났어요.
u.ri.neun/geun.na.sso*.yo
我們結束了。

Ⓐ 뭐? 그게 무슨 말이야? 너희 헤어졌어?
mwo//geu.ge/mu.seun/ma.ri.ya//no*.hi/he.o*.
jo*.sso*
什麼？那是什麼意思？你們分手了？

會話二

Ⓐ 이제 다 끝났어요.
i.je/da/geun.na.sso*.yo
現在都結束了。

Ⓑ 아니에요. 아직 안 끝났어요.
a.ni.e.yo//a.jik/an/geun.na.sso*.yo
不，還沒結束。

生 詞

약속→約定、約束	
yak.ssok	
데이트→約會	
de.i.teu	
너희→你們	
no*.hi	

불공평해요.

bul.gong.pyo*ng.he*.yo

不公平

會話

A 자, 우리 케이크 먹자.

ja//u.ri/ke.i.keu/mo*k.jja

來，我們吃蛋糕吧。

B 엄마, 왜 동생 거가 저보다 많아요?

o*m.ma//we*/dong.se*ng/go*.ga/jo*.bo.da/ma.na.yo

媽，為什麼弟弟的比我多？

B 너무 불공평해요.

no*.mu/bul.gong.pyo*ng.he*.yo

太不公平了。

A 넌 형이잖아. 양보해!

no*n/hyo*ng.i.ja.na//yang.bo.he*

你是哥哥嘛，讓一下！

例句

例 세상은 너무 불공평해요.

se.sang.eun/no*.mu/bul.gong.pyo*ng.he*.yo

世界太不公平了。

例 이런 방식이 너무 불공평하고 마음에 안 들어요.

i.ro*n/bang.si.gi/no*.mu/bul.gong.pyo*ng.ha.go/ma.eu.me/an/deu.ro*.yo

這種方式太不公平，我不滿意。

生詞

케이크→蛋糕	
ke.i.keu	
엄마→媽媽（暱稱）	
o*m.ma	
양보하다→讓步、忍讓	
yang.bo.ha.da	
세상→世界、世上	
se.sang	
방식→方式	
bang.sik	
먹다→吃	
mo*k.da	
동생→弟弟、妹妹	
dong.se*ng	
보다→…比…	
bo.da	
많다→多、不少	
man.ta	
형→哥哥（弟弟稱呼哥哥時）	
hyo*ng	

말도 마세요.

mal.do/ma.se.yo

別提了、別說了

會話一

Ⓐ 오늘 왜 그렇게 늦게 들어온 거니?

o.neul/we*/geu.ro*.ke/neut.ge/deu.ro*.on/go*.
ni

今天你怎麼那麼晚回來？

Ⓑ 말도 마세요. 고속도로에서 교통사고
가 나서 길이 많이 막혔어요.

mal.do/ma.se.yo//go.sok.do.ro.e.so*/gyo.tong.
sa.go.ga/na.so*/gi.ri/ma.ni/ma.kyo*.sso*.yo

別提了，高速公路上發生了車禍，道路嚴重堵
塞。

會話二

Ⓐ 영화가 재미있었어?

yo*ng.hwa.ga/je*.mi.i.sso*.sso*

電影好看嗎？

Ⓑ 말도 마요.

mal.do/ma.yo.

別提了。

Ⓑ 옆에 앉아 있는 사람이 큰 소리로 코
를 골고 있어서 영화에 집중이 안 되
더라고요.

yo*.pe/an.ja/in.neun/sa.ra.mi/keun/so.ri.ro/ko.
reul/gol.go/i.sso*.so*/yo*ng.hwa.e/jip.jjung.i/
an.dwe.do*.ra.go.yo

坐我旁邊的人打呼很大聲，害我看電影無法集
中精神。

生詞

교통사고→交通事故、車禍
gyo.tong.sa.go

나다→發生、出生、生長
na.da

길→道路、馬路
gil

막히다→堵塞、不通
ma.ki.da

코를 골다→打呼、打鼾
ko.reul/gol.da

집중→集中
jip.jjung

들어오다→進來、回來
deu.ro*.o.da

고속도로→高速公路
go.sok.do.ro

영화→電影
yo*ng.hwa

재미있다→有趣、有意思
je*.mi.it.da

옆→旁邊
yo*p

소용 없어요.

so.yong/o*p.sso*.yo

沒有用

會 話

Ⓐ 제가 다시 지영 씨를 만나서 사과할게요.

je.ga/da.si/ji.yo*ng/ssi.reul/man.na.so*/sa.gwa.hal.ge.yo

我再去見智英，跟她道歉。

Ⓑ 그래도 소용 없어요.

geu.re*.do/so.yong/o*p.sso*.yo

那也沒有用。

Ⓑ 지영 씨는 내 전화도 안 받더라고요.

ji.yo*ng/ssi.neun/ne*/jo*n.hwa.do/an.bat.do*.ra.go.yo

智英連我的電話也不接。

例 句

例 말해도 소용없어요.

mal.he*.do/so.yong.o*p.sso*.yo

說了也沒用。

例 아무리 노력해도 소용이 없어요.

a.mu.ri/no.ryo*.ke*.do/so.yong.i/o*p.sso*.yo

不管怎麼努力都沒有用。

生 詞

만나다→見面、碰面
man.na.da
사과하다→道歉
sa.gwa.ha.da

그래도 →雖說如此、即使那樣
geu.re*.do

전화를 받다 →接電話
jo*n.hwa.reul/bat.da

말하다 →說話、說
mal.ha.da

노력하다 →努力、用功
no.ryo*.ka.da

다시 →再、又
da.si

소용 →用處、用場
so.yong

없다 →沒有
o*p.da

아무리 →無論如何、不管怎樣
a.mu.ri

헛수고 했어요.

ho*t.ssu.go/he*.sso*.yo

白忙一場、白辛苦了

會話

Ⓐ 내가 밤새 쓴 리포트는 결국 통과되지
못했어요.

ne*.ga/bam.se*/sseun/ri.po.teu.neun/gyo*l.
guk/tong.gwa.dwe.ji/mo.te*.sso*.yo

我熬夜寫得報告結果沒能通過。

Ⓑ 다 헛수고 했네요.

da/ho*t.ssu.go/he*n.ne.yo

都白費功夫了。

例句

例 노력을 많이 했지만 헛수고였어요.

no.ryo*.geul/ma.ni/he*t.jji.man/ho*t.ssu.go.
yo*.sso*.yo

雖然努力了，但還是白忙一場。

例 제가 한 것이 헛수고가 아니었으면 좋
겠습니다.

je.ga/han/go*.si/ho*t.ssu.go.ga/a.ni.o*.sseu.
myo*n/jo.ket.sseum.ni.da

希望我做的不是白忙一場。

生詞

밤새다→熬夜、通宵
bam.se*.da
리포트→報告、小論文
ri.po.teu

결국→終究、結果、最後	
gyo*l.guk	
통과되다→通過	
tong.gwa.dwe.da	
노력→努力	
no.ryo*k	
쓰다→寫	
sseu.da	
다→都、全部	
da	
많이→多地	
ma.ni	
하다→做	
ha.da	
아니다→不是	
a.ni.da	

재수 없어요.

je*.su/o*p.sso*.yo

倒楣、運氣不好

會話

Ⓐ 너 다리 왜 그래? 다쳤어?
no*/da.ri/we*/geu.re*//da.cho*.sso*
你的腿怎麼了？受傷了？

Ⓑ 정말 재수 없어.
jo*ng.mal/jje*.su/o*p.sso*
真的很倒楣。

Ⓑ 아침에 길이 하도 미끄러워서 넘어졌다.
a.chi.me/gi.ri/ha.do/mi.geu.ro*.wo.so*/no*.mo*.
jo*t.da
早上路太滑跌倒了。

Ⓐ 아프겠다. 조심 좀 하지.
a.peu.get.da//jo.sim/jom/ha.ji
很痛吧？怎麼不小心一點。

例 句

例 오늘 학교에서 선생님께 혼났고 집에
가서 엄마에게도 혼났고 참 재수 없어
요.
o.neul/hak.gyo.e.so*/so*n.se*ng.nim.ge/hon.
nat.go/ji.be/ga.so*/o*m.ma.e.ge.do/hon.nat.go/
cham/je*.su/o*p.sso*.yo
今天在學校被老師罵，回家又被媽媽罵，真的
很倒楣！

生 詞

다치다→受傷、傷損
da.chi.da

하도→太、過度	
ha.do	
미끄럽다→滑、光溜	
mi.geu.ro*p.da	
넘어지다→摔到、跌倒	
no*.mo*.ji.da	
혼나다→挨罵、挨訓	
hon.na.da	
다리→腿	
da.ri	
아침→早上、早餐	
a.chim	
길→馬路、路上	
gil	
아프다→痛、不舒服	
a.peu.da	
조심하다→小心、當心	
jo.sim.ha.da	

❹ 難過、遺憾

엉망이 되었어요.

o*ng.mang.i/dwe.o*.sso*.yo

變得亂七八糟、變得一團糟

會話

A 비가 많이 오는 바람에 내 헤어스타일
이 완전히 엉망이 되었어요.

bi.ga/ma.ni/o.neun/ba.ra.me/ne*/he.o*.seu.ta.i.
ri/wan.jo*n.hi/o*ng.mang.i/dwe.o*.sso*.yo

因為下大雨的關係，我的髮型完全毀掉了。

B 옷과 신발도 모두 젖었네.

ot.gwa/sin.bal.do/mo.du/jo*.jo*n.ne

衣服跟鞋子也都濕掉了呢！

B 여기에 깨끗한 옷이 있는데 얼른 갈아
입어요.

yo*.gi.e/ge*.geu.tan/o.si/in.neun.de/o*l.leun/
ga.ra/i.bo*.yo

這裡有乾淨的衣服，你趕快換上吧。

例句

例 내 삶이 엉망이 되었어. 무엇을 해야
할지 모르겠어.

ne*/sal.mi/o*ng.mang.i/dwe.o*.sso*//mu.o*.
seul/he*.ya/hal.jji/mo.reu.ge.sso*

我的生活變得亂七八糟，不知道該怎麼辦才
好。

例 너 때문에 내 계획이 엉망이 되었다!

no*/de*.mu.ne/ne*/gye.hwe.gi/o*ng.mang.i/
dwe.o*t.da

因為你，我的計劃變得一團糟。

生 詞

비가 오다 → 下雨

bi.ga/o.da

완전히 → 完全地、整個地

wan.jo*n.hi

젖다 → 被⋯弄濕

jo*t.da

갈아입다 → 換穿、更衣

ga.ra.ip.da

삶 → 生活

sam

계획 → 計劃、謀劃

gye.hwek

헤어스타일 → 髮型

he.o*.seu.ta.il

옷 → 衣服

ot

신발 → 鞋子

sin.bal

깨끗하다 → 乾淨、清潔

ge*.geu.ta.da

4

難過、遺憾

아쉬워요.

a.swi.wo.yo

很遺憾、可惜、婉惜

會話一

Ⓐ 한국까지 갔는데 한국 친구를 못 만났
다는 건 너무 아쉬워요.

han.guk.ga.ji/gan.neun.de/han.guk/chin.gu.
reul/mon/man.nat.da.neun/go*n/no*.mu/a.swi.
wo.yo

去了韓國，卻沒見到韓國朋友很遺憾。

Ⓑ 그러게요. 다음에 꼭 미리 약속을 잡
고 만나야 돼요.

geu.ro*.ge.yo//da.eu.me/gok/mi.ri/yak.sso.
geul/jjap.go/man.na.ya/dwe*.yo

是呀！下次一定要先約好再見面。

會話二

Ⓐ 오늘이 스승의 날인데 선생님을 못 뵌
다는게 너무 아쉬워.

o.neu.ri/seu.seung.ui/na.rin.de/so*n.se*ng.ni.
meul/mot/bwen.da.neun.ge/no*.mu/a.swi.wo

今天是教師節，卻沒能見到老師，太遺憾了。

Ⓑ 내가 꽃다발까지 사 왔는데 벌써 가신
거예요?

ne*.ga/got.da.bal.ga.jji/sa/wan.neun.de/bo*l.
sso*/ga.sin/go*.ye.yo

我連花束都買來了，老師已經走了嗎？

Ⓐ 선생님께 전화할까요?

so*n.se*ng.nim.ge/jo*n.hwa.hal.ga.yo

要不要打電話給老師呢？

例句

例 이런 좋은 기회를 놓쳤다는 게 정말
아쉽습니다.

i.ro*n/jo.eun/gi.hwe.reul/not.cho*t.da.neun/ge/
jo*ng.mal/a.swip.sseum.ni.da

錯失這種好機會，真遺憾。

例 제대로 인사도 못하고 헤어진다는 게
아쉬웠어요.

je.de*.ro/in.sa.do/mo.ta.go/he.o*.jin.da.neun/
ge/a.swi.wo.sso*.yo

沒能好好問候就分開了，很可惜。

例 나중에 또 기회 있으니까 너무 아쉬워
하지 마세요.

na.jung.e/do/gi.hwe/i.sseu.ni.ga/no*.mu/a.swi.
wo.ha.ji/ma.se.yo

以後還有機會，別太遺憾了。

例 제일 아쉬운 점은 뭐라고 생각하세요?

je.il/a.swi.un/jo*.meun/mwo.ra.go/se*ng.ga.ka.
se.yo

您認為最可惜的點是什麼？

生詞

아쉽다→遺憾、可惜
a.swip.da
미리→事先、預先
mi.ri
스승의 날→教師節
seu.seung.ui/nal
꽃다발→花束
got.da.bal

놓치다→錯失、放走、放跑

not.chi.da

제대로→好好地、正常地

je.de*.ro

아쉬워하다→可惜、遺憾

a.swi.wo.ha.da

점→點、地方、部分

jo*m

한국→韓國

han.guk

다음에→下次

da.eu.me

선생님→老師

so*n.se*ng.nim

뵈다→看、見（보다的謙語）

bwe.da

전화하다→打電話

jo*n.hwa.ha.da

인사→問候、打招呼

in.sa

너무 늦었어요.

no*.mu/neu.jo*.sso*.yo

太遲了、太晚了、來不及了

會話

Ⓐ 난 너랑 헤어지는 거 싫어.
nan/no*.rang/he.o*.ji.neun/go*/si.ro*
我不要跟你分手。

Ⓐ 미안해. 다시 기회를 줘.
mi.an.he*//da.si/gi.hwe.reul/jjwo
對不起,請再給我一次機會。

Ⓑ 너무 늦었어. 우리는 예전처럼 돌아갈 수 없어.
no*.mu/neu.jo*.sso*//u.ri.neun/ye.jo*n.cho*.ro*m/do.ra.gal/ssu/o*p.sso*
太晚了,我們已無法回到從前。

例句

例 이제는 후회해도 늦었어요.
i.je.neun/hu.hwe.he*.do/neu.jo*.sso*.yo
現在後悔也太晚了。

例 아무리 사과해도 이미 늦었어요.
a.mu.ri/sa.gwa.he*.do/i.mi/neu.jo*.sso*.yo
無論怎麼道歉都已經太晚了。

生詞

기회를 주다→給機會
gi.hwe.reul/jju.da

예전→以前、過去、從前
ye.jo*n

4
難過、遺憾

돌아가다→回去、返回

do.ra.ga.da

후회하다→後悔

hu.hwe.ha.da

아무리→無論如何、不管怎樣、任憑再⋯

a.mu.ri

사과하다→道歉、賠禮

sa.gwa.ha.da

헤어지다→分手、分開

he.o*.ji.da

이미→已經

i.mi

어쩔 수 없어요.

o*.jjo*l/su/o*p.sso*.yo

沒辦法、無奈接受

會話一

A 너 또 아저씨한테 돈 빌렸지?

no*/do/a.jo*.ssi.han.te/don/bil.lyo*t.jji

你又跟大叔借錢了，對吧？

B 어쩔 수 없잖아. 내가 돈이 없어서.

o*.jjo*l/su/o*p.jja.na//ne*.ga/do.ni/o*p.sso*.so*

沒辦法啊，我沒有錢。

會話二

A 이번에도 져 버렸네요.

i.bo*.ne.do/jo*/bo*.ryo*n.ne.yo

這次也輸掉了。

B 어쩔 수 없어요. 연습이 부족하니까요.

o*.jjo*l/su/o*p.sso*.yo//yo*n.seu.bi/bu.jo.ka.ni.ga.yo

沒辦法啊！因為練習不夠。

例 句

例 어쩔 수 없는 일이잖아요.

o*.jjo*l/su/o*m.neun/i.ri.ja.na.yo

那也是無可奈何的事情啊！

例 나도 그러고 싶지 않았어. 그런데 어쩔 수 없었어.

na.do/geu.ro*.go/sip.jji/a.na.sso*//geu.ro*n.de/o*.jjo*l/su/o*p.sso*.sso*

我也不想那樣，但是沒辦法。

生 詞

돈을 빌리다→借錢	
do.neul/bil.li.da	
돈→錢	
don	
지다→輸、敗	
ji.da	
연습→練習	
yo*n.seup	
부족하다→練習	
bu.jo.ka.da	
일→事情	
il	
아저씨→大叔、叔叔	
a.jo*.ssi	
그런데→可是、但是、不過	
geu.ro*n.de	

Part 5

心情、感受

아! 쪽 팔려.

啊，丟死人了！

걱정돼요.

go*k.jjo*ng.dwe*.yo

很擔心

會話一

A 너무 걱정돼.

no*.mu/go*k.jjo*ng.dwe*

很擔心。

B 내가 알아서 잘 처리할 거니까 걱정하지 마.

ne*.ga/a.ra.so*/jal/cho*.ri.hal/go*.ni.ga/go*k.jjo*ng.ha.ji/ma

我會自己好好處理的，別擔心。

會話二

A 올해도 졸업하지 못할까봐 너무 걱정돼.

ol.he*.do/jo.ro*.pa.ji/mo.tal.ga.bwa/no*.mu/go*k.jjo*ng.dwe*

我擔心今年也沒辦法畢業。

B 더 열심히 공부하면 되지.

do*/yo*l.sim.hi/gong.bu.ha.myo*n/dwe.ji

再用功一點不就好了。

例句

例 걱정할 거 없어요.

go*k.jjo*ng.hal/go*/o*p.sso*.yo

你不需要擔心。

例 무슨 일로 그렇게 걱정하세요?

mu.seun/il.lo/geu.ro*.ke/go*k.jjo*ng.ha.se.yo

什麼事情那麼擔心呢？

生 詞

처리하다→處理、辦事	
cho*.ri.ha.da	
올해→今年	
ol.he*	
졸업하다→畢業、卒業	
jo.ro*.pa.da	
열심히→認真地、用功地	
yo*l.sim.hi	
공부하다→念書、讀書	
gong.bu.ha.da	
잘→好好地	
jal	
무슨→什麼的（後方接名詞）	
mu.seun	
그렇게→那麼、那樣地	
geu.ro*.ke	

후회돼요.

hu.hwe.dwe*.yo

很後悔

會話

Ⓐ 열심히 공부했으면 좋았을텐데 참 후회돼요.

yo*l.sim.hi/gong.bu.he*.sseu.myo*n/jo.a.sseul.ten.de/cham/hu.hwe.dwe*.yo

早知道我就好好認真念書了，真後悔。

Ⓑ 이제라도 늦지 않았어요. 다시 공부해요.

i.je.ra.do/neut.jji/a.na.sso*.yo/da.si/gong.bu.he*.yo

現在還不算晚，再重新開始念書吧。

例句

例 이제와서 후회해도 소용없어요.

i.je.wa.so*/hu.hwe.he*.do/so.yong.o*p.sso*.yo

現在後悔也沒用了。

例 난 얼마나 후회했는지 몰라.

nan/o*l.ma.na/hu.hwe.he*n.neun.ji/mol.la

我不知道有多後悔。

例 난 절대로 후회하지 않아.

nan/jo*l.de*.ro/hu.hwe.ha.ji/a.na

我絕不後悔。

例 그렇게 하면 안 되는 건데.

geu.ro*.ke/ha.myo*n/an/dwe.neun/go*n.de

不該那麼做的。

生詞

이제→現在	
i.je	
늦다→遲、晚	
neut.da	
소용없다→沒用、無用	
so.yong.o*p.da	
절대로→絕對、千萬	
jo*l.de*.ro	
안 되다→不行、不可以	
an/dwe.da	
모르다→不知道	
mo.reu.da	

네가 부러워.

ni.ga/bu.ro*.wo

羨慕你

會話一

A 난 네가 부러워.

nan/ni.ga/bu.ro*.wo

我很羨慕你。

B 왜?

we*

為什麼?

A 얼굴도 예쁘고 좋은 회사도 다니잖아.

o*l.gul.do/ye.beu.go/jo.eun/hwe.sa.do/da.ni.ja.na

長得漂亮,又在不錯的公司上班。

B 나야말로 네가 더 부러워.

na.ya.mal.lo/ni.ga/do*/bu.ro*.wo

我才羨慕你呢。

B 넌 결혼한지 오래고 난 아직 독신이잖아.

no*n/gyo*l.hon.han.ji/o.re*.go/nan/a.jik/dok.ssi.ni.ja.na

你老早就結婚了,而我還是單身。

會話二

A 휴가 때 뭐 했어요?

hyu.ga/de*/mwo/he*.sso*.yo

你放假都在做什麼?

B 가족들이랑 같이 해외여행을 갔어요.

ga.jok.deu.ri.rang/ga.chi/he*.we.yo.yo/he*ng.eul/ga.sso*.yo

我跟家人一起去了國外旅遊。

Ⓐ 아~부러워요.
a/bu.ro*.wo.yo
哇～好羨慕。

Ⓐ 나도 가고 싶어요.
na.do/ga.go/si.po*.yo
我也想去。

例 句

例 부러워할 거 없어요.
bu.ro*.wo.hal/go*/o*p.sso*.yo
不需要羨慕。

例 예쁜 여자들을 보면 너무 부러워요.
ye.beun/yo*.ja.deu.reul/bo.myo*n/no*.mu/bu.
ro*.wo.yo
我看到漂亮的女生，就很羨慕。

生 詞

회사에 다니다→上班、去公司	
hwe.sa.e/da.ni.da	
독신→單身	
dok.ssin	
휴가→休假	
hyu.ga	
해외→海外、國外	
he*.we	
여행→旅行	
yo*.he*ng	
가족→家人、家族、家屬	
ga.jok	

❺
心情、感受

이상해요.

i.sang.he*.yo

很奇怪

會話一

Ⓐ 이상하네.
i.sang.ha.ne
好奇怪喔！

Ⓑ 뭐가 이상해?
mwo.ga/i.sang.he*
什麼奇怪？

Ⓐ 뭔가 느낌이 좀 이상했어.
mwon.ga/neu.gi.mi/jom/i.sang.he*.sso*
就是感覺有點奇怪。

Ⓑ 뭔 소리야?
mwon/so.ri.ya
你在說什麼啊？

會話二

Ⓐ 내 휴대폰이 이상해요.
ne*/hyu.de*.po.ni/i.sang.he*.yo
我的手機很奇怪。

Ⓑ 고장난 거 아니야?
go.jang.nan/go*/a.ni.ya
是不是壞掉了？

例 句

例 네가 제일 이상해.
ni.ga/je.il/i.sang.he*
你最奇怪。

例 냄새가 이상해요. 상한 거 아닙니까?

ne*m.se*.ga/i.sang.he*.yo//sang.han.go*/a.
nim.ni.ga

味道很奇怪。是不是壞掉了？

例 저 두 사람 좀 이상하지 않아요?

jo*/du/sa.ram/jom/i.sang.ha.ji/a.na.yo

他們兩個是不是有點奇怪？

生詞

느낌→感覺、感受
neu.gim

휴대폰→手機
hyu.de*.pon

고장나다→故障
go.jang.na.da

냄새→味道、氣味
ne*m.se*

상하다→（食物）變質、壞掉、腐敗
sang.ha.da

사람→人
sa.ram

너무 황당해요.

no*.mu/hwang.dang.he*.yo

太荒唐

會話

Ⓐ 네가 한 일은 너무 황당해.
ni.ga/han/i.reun/no*.mu/hwang.dang.he*
你做的事太荒唐了。

Ⓑ 나도 어쩔 수 없어서 그렇게 했어.
na.do/o*.jjo*l/su/o*p.sso*.so*/geu.ro*.ke/he*.
sso*
我也是不得已才那樣做的。

Ⓐ 정말 믿어지지 않아.
jo*ng.mal/mi.do*.ji.ji/a.na
真不敢相信!

例句

例 이거 정말 황당하군요!
i.go*/jo*ng.mal/hwang.dang.ha.gu.nyo
這簡直太荒唐了!

例 그건 너무 황당한 해석이에요. 믿지 마
세요.
geu.go*n/no*.mu/hwang.dang.han/he*.so*.gi.
e.yo//mit.jji/ma.se.yo
這完全是荒謬的解釋,不要相信。

例 이 영화는 너무 황당해요.
i/yo*ng.hwa.neun/no*.mu/hwang.dang.he*.yo
這部電影太荒唐了!

生詞

믿다→相信、信任	
mit.da	
해석→解釋、解析	
he*.so*k	
영화→電影	
yo*ng.hwa	
하다→做	
ha.da	
일→事情、工作	
il	
너무→太、很、非常	
no*.mu	
그건→那個（그것은的略語）	
geu.go*n	

말도 안 돼요.

mal.do/an/dwe*.yo

太離譜了、不像話、不可能啊

會 話

A 말도 안 돼요.

mal.do/an/dwe*.yo

太離譜了。

A 그게 어떻게 내 책임이에요?

geu.ge/o*.do*.ke/ne*/che*.gi.mi.e.yo

那怎麼會是我的責任?

B 그러게요. 부장님이 이번엔 좀 너무하
셨어요.

geu.ro*.ge.yo//bu.jang.ni.mi/i.bo*.nen/jom/
no*.mu.ha.syo*.sso*.yo

就是啊!部長這次有點過份了。

例 句

例 그런 사람도 상을 받다니, 말도 안 돼요.

geu.ro*n/sa.ram.do/sang.eul/bat.da.ni//mal.do/
an/dwe*.yo

那種人也能得獎,太離譜了。

例 말도 안 돼. 그런 게 어디 있어!

mal.do/an/dwe*//geu.ro*n/ge/o*.di/i.sso*

太不像話了,哪有這樣的。

例 그건 절대 무리야. 말도 안 돼!

geu.go*n/jo*l.de*/mu.ri.ya//mal.do/an/dwe*

那是絕對不可能的,太離譜!

例 말도 안 되는 소리 하지 마라.

mal.do/an/dwe.neun/so.ri/ha.ji/ma.ra

別說那種離譜的話。

track 084

生 詞

책임→責任	
che*.gim	
너무하다→過分、超過	
no*.mu.ha.da	
상을 받다→領獎、得賞	
sang.eul/bat.da	
무리→強人所難、很難辦到	
mu.ri	
소리→聲音、話	
so.ri	
그게→那個、那件事（그것이的略語）	
geu.ge	
내→我的（나의的略語）	
ne*	
부장님→部長	
bu.jang.nim	

心情、感受

쪽 팔려요.

jjok/pal.lyo*.yo

丟臉、丟死人了

會話

Ⓐ 누나, 뉴스 봤어?

nu.na//nyu.seu/bwa.sso*

姊，你看新聞了嗎？

Ⓐ 누나가 방금 뉴스에서 나왔어.

nu.na.ga/bang.geum/nyu.seu.e.so*/na.wa.sso*

姊你剛剛上新聞了。

Ⓑ 아! 쪽 팔려. 화장이 좀 진했지?

a//jjok/pal.lyo*//hwa.jang.i/jom/jin.he*t.jji

啊～丟臉死了。我的妝太濃了對吧？

例句

例 나 지금 너무 쪽 팔려. 어떡해?

na/ji.geum/no*.mu/jjok/pal.lyo*//o*.do*.ke*

我現在太丟人了，怎麼辦？

例 넌 쪽 팔리지도 않아?

no*n/jjok/pal.li.ji.do/a.na

你不覺得丟人嗎？

生詞

뉴스→新聞
nyu.seu
방금→剛才、剛剛
bang.geum
화장→化妝
hwa.jang

망신 당했어요.

mang.sin/dang.he*.sso*.yo

丟臉、出醜、丟人現眼

會話

A 오늘 아이들 앞에서 망신 당했어.

o.neul/a.i.deul/a.pe.so*/mang.sin/dang.he*.
sso*

我今天在孩子們面前丟臉了。

B 무슨 일인데?

mu.seun/i.rin.de

發生什麼事？

A 난 간단한 수학 문제도 못 풀었어.

nan/gan.dan.han/su.hang/mun.je.do/mot/pu.
ro*.sso*

我連簡單的數學題目都解不開。

例句

例 난 오늘 너 때문에 내 여친 앞에서 망
신 당했잖아.

nan/o.neul/no*/de*.mu.ne/ne*/yo*.chin/a.pe.
so*/mang.sin/dang.he*t.jja.na

今天因為你，害我在女朋友面前丟臉。

例 더 이상 망신 당하고 싶지 않으면 그
입 다물어요.

do*/i.sang/mang.sin/dang.ha.go/sip.jji/a.neu.
myo*n/geu/ip/da.mu.ro*.yo

如果你不想再丟人現眼，就閉上你的嘴。

例 체면을 잃었어요.

che.myo*.neul/i.ro*.sso*.yo

丟面子。

例 창피해요.

chang.pi.he*.yo

好丟臉！

生 詞

간단하다→簡單、容易
gan.dan.ha.da
문제→問題、題目
mun.je
풀다→解開、化解
pul.da
여친→女朋友（여자친구的略語）
yo*.chin
체면→面子、臉面
che.myo*n
창피하다→丟臉、丟人
chang.pi.ha.da

웃겨요.

ut.gyo*.yo

很好笑、可笑

會話

Ⓐ 누나, 이거 봤어? 너무 웃겨.

nu.na//i.go*/bwa.sso*//no*.mu/ut.gyo*

姊，你有看這個嗎？太好笑了。

Ⓑ 그거 나 아니야?

geu.go*/na/a.ni.ya

那不是我嗎？

Ⓑ 이런 걸 왜 찍어? 당장 지워.

i.ro*n/go*l/we*/jji.go*//dang.jang/ji.wo

為什麼要拍這種東西？馬上刪掉！

例句

例 네가 무슨 천재라고! 웃기지 마.

ni.ga/mu.seun/cho*n.je*.ra.go//ut.gi.ji/ma

說你是天才？別搞笑了。

例 너무 웃겨서 계속 눈물이 나요.

no*.mu/ut.gyo*.so*/gye.sok/nun.mu.ri/na.yo

太好笑了，一直流眼淚。

生詞

웃기다→讓…笑、搞笑、可笑	
ut.gi.da	
찍다→拍、攝影	
jjik.da	
지우다→擦掉、刪掉、抹掉	
ji.u.da	
천재→天才	
cho*n.je*	

불쌍해요.

bul.ssang.he*.yo

很可憐

會 話

Ⓐ 그 아이의 부모님이 고통사고로 돌아
가셨다고 해요.

geu/a.i.ui/bu.mo.ni.mi/go.tong.sa.go.ro/do.ra.
ga.syo*t.da.go/he*.yo

聽説那孩子的父母因車禍過世了。

Ⓑ 너무 불쌍해요.

no*.mu/bul.ssang.he*.yo

太可憐了。

Ⓑ 조금이라도 그 아이를 도와 주고 싶네
요.

jo.geu.mi.ra.do/geu/a.i.reul/do.wa/ju.go/sim.
ne.yo

就算一點點也好，希望能幫幫那孩子。

例 句

例 이번 화재로 집을 잃은 사람들은 참
불쌍해요.

i.bo*n/hwa.je*.ro/ji.beul/i.reun/sa.ram.deu.
reun/cham/bul.ssang.he*.yo

這次因火災而失去自己家園的人們，真是可
憐。

生 詞

돌아가시다→去世、過世（죽다的敬語）

do.ra.ga.si.da

Part 6

評價、判斷

정말 끝내준다.
真的棒極了。

정말 죽인다.

jo*ng.mal/jju.gin.da

太棒了、太過癮了、真是絕了

會話一

Ⓐ 여기 정말 죽인다!
yo*.gi/jo*ng.mal/jju.gin.da
這裡實在太棒了!

Ⓑ 우리 앞으로 여기서 살 거다. 마음에
들어?
u.ri/a.peu.ro/yo*.gi.so*/sal/go*.da//ma.eu.me/
deu.ro*
我們以後就要住在這裡了,喜歡嗎?

Ⓐ 응! 너무 좋아.
eung!/no*.mu/jo.a
嗯!很喜歡!

會話二

Ⓐ 와! 경치가 정말 죽인다.
wa//gyo*ng.chi.ga/jo*ng.mal/jju.gin.da
哇!風景太棒了!

Ⓑ 그러네. 서울이 한 눈에 다 보여.
geu.ro*.ne//so*.u.ri/han.nu.ne/da/bo.yo*
是啊!首爾一覽無遺呢!

會話三

Ⓐ 어때? 맛있지? 죽이지?
o*.de*//ma.sit.jji//ju.gi.ji
怎麼樣?好吃吧?很棒吧?

B 네, 너무 맛있어요. 정말 죽여요.

ne//no*.mu/ma.si.sso*.yo//jo*ng.mal/jju.gyo*.
yo

是啊！很好吃，太棒了！

例 句

例 선영이 몸매가 정말 죽인다.

so*.nyo*ng.i/mom.me*.ga/jo*ng.mal/jju.gin.da

善英的身材太棒了！

例 맛은 정말 죽인다.

ma.seun/jo*ng.mal/jju.gin.da

味道真的太棒了！

例 아! 이 라면 국물은 죽인다.

a//i/ra.myo*n/gung.mu.reun/ju.gin.da

啊！這泡麵的湯頭太棒了！

例 냄새가 완전 죽여요!

ne*m.se*.ga/wan.jo*n/ju.gyo*.yo

味道超香！

生 詞

살다→住、居住	
sal.da	
경치→風景、景色	
gyo*ng.chi	
눈→眼睛	
nun	
보이다→看見、看得到	
bo.i.da	
몸매→身材、身段	
mom.me*	

❻
評價、判斷

1
1
6

예뻐요.

ye.bo*.yo

漂亮、好看、美麗

會話一

Ⓐ 영화가 재미있었지요?
yo*ng.hwa.ga/je*.mi.i.sso*t.jji.yo
電影很好看吧?

Ⓑ 네, 여주인공은 연기도 잘하고 얼굴도 예뻐요.
ne//yo*.ju.in.gong.eun/yo*n.gi.do/jal.ha.go/o*l.gul.do/ye.bo*.yo
對啊,女主角演技好,又長得美。

會話二

Ⓐ 네 구두가 너무 예쁘다. 나한테 팔면 안 돼?
ni/gu.du.ga/no*.mu/ye.beu.da//na.han.te/pal.myo*n/an/dwe*
你的皮鞋很漂亮,可以賣給我嗎?

Ⓑ 안 돼. 이거 선물로 받은 거야.
an/dwe*//i.go*/so*n.mul.lo/ba.deun/go*.ya
不行,這是別人送我的禮物。

會話三

Ⓐ 그나저나 민정 씨 오늘 정말 예뻐요.
geu.na.jo*.na/min.jo*ng/ssi/o.neul/jjo*ng.mal/ye.bo*.yo
話説敏靜妳今天真漂亮。

Ⓑ 그래요? 고마워요.
geu.re*.yo//go.ma.wo.yo
是嗎?謝謝。

117

Ⓐ 화장 했죠?
hwa.jang/he*t.jjyo
妳有化妝吧？

Ⓑ 네, 살짝 화장 좀 했어요.
ne//sal.jjak/hwa.jang/jom/he*.sso*.yo
對，有稍微化一點妝。

例 句

例 넌 화장 안 해도 예뻐.
no*n/hwa.jang/an/he*.do/ye.bo*
你不化妝也很漂亮。

例 마음이 착하면 얼굴이 안 예뻐도 괜찮
아요.
ma.eu.mi/cha.ka.myo*n/o*l.gu.ri/an/ye.bo*.do/
gwe*n.cha.na.yo
心地善良的話，就算長得不漂亮也沒關係。

例 하나도 안 예뻐요.
ha.na.do/an/ye.bo*.yo
一點也不漂亮。

例 장미꽃이 아주 예쁘네요.
jang.mi.go.chi/a.ju/ye.beu.ne.yo
玫瑰花很美呢！

生 詞

주인공→主人翁、主角、主演
ju.in.gong
연기→演技
yo*n.gi
팔다→賣、出售
pal.da

받다→得、收、接

bat.da

그나저나→話說、順便說一下

geu.na.jo*.na

화장하다→化妝、打扮

hwa.jang.ha.da

살짝→稍稍、稍微

sal.jjak

착하다→善良、乖

cha.ka.da

장미꽃→玫瑰花

jang.mi.got

맛있어요.

ma.si.sso*.yo

好吃、美味

會話

A 맛이 어때요?
ma.si/o*.de*.yo
味道如何？

B 정말 맛있어요. 뭘로 만들었어요?
jo*ng.mal/ma.si.sso*.yo//mwol.lo/man.deu.ro*.sso*.yo
真的很好吃，你是用什麼做的？

A 닭 가슴살로 만들었어요.
dak/ga.seum.sal.lo/man.deu.ro*.sso*.yo
我是用雞胸肉做的。

例句

例 맛있으면 많이 드세요.
ma.si.sseu.myo*n/ma.ni/deu.se.yo
如果好吃，請多吃一點！

例 새콤달콤하고 맛있어요.
se*.kom.dal.kom.ha.go/ma.si.sso*.yo
酸酸甜甜的，很好吃。

生詞

가슴살→（動物的）胸肉	
ga.seum.sal	
드시다→吃、喝（먹다、마시다的敬語）	
deu.si.da	
새콤달콤하다→酸酸甜甜的	
se*.kom.dal.kom.ha.da	

6
評價、判斷

멋있어요.

mo*.si.sso*.yo

很帥、酷、漂亮

會話一

A 나 오늘 어때?

na/o.neul/o*.de*

我今天看起來怎麼樣？

B 정말 멋있어요.

jo*ng.mal/mo*.si.sso*.yo

真的超帥！

會話二

A 우리 오빠는 너무 멋있지 않냐?

u.ri/o.ba.neun/no*.mu/mo*.sit.jji/an.nya

你不覺得我哥哥很帥嗎？

B 그럼. 기준 오빠는 세상에서 제일 멋있어.

geu.ro*m//gi.jun/o.ba.neun/se.sang.e.so*/je.il/mo*.si.sso*

當然啊！世界上最帥的就是基俊哥。

例句

例 우리 남편은 일할 때가 제일 멋있어 보여요.

u.ri/nam.pyo*.neun/il.hal/de*.ga/je.il/mo*.si.sso*/bo.yo*.yo

我老公工作的時候看起來最帥。

例 준영 씨가 운동하는 모습은 너무 멋있어요.

ju.nyo*ng/ssi.ga/un.dong.ha.neun/mo.seu.

beun/no*.mu/mo*.si.sso*.yo
俊英你運動的樣子很帥。

生詞

어떻다→怎麼樣、如何？
o*.do*.ta
그럼→是啊、當然、可不是
geu.ro*m
남편→丈夫、老公
nam.pyo*n
일하다→工作、做事、幹活
il.ha.da
운동하다→運動
un.dong.ha.da
모습→模樣、樣子、面貌
mo.seup

귀여워요.

gwi.yo*.wo.yo

可愛、討人喜歡

會話

A 시바견이 너무 귀여워요. 키우고 싶어요.

si.ba.gyo*.ni/no*.mu/gwi.yo*.wo.yo//ki.u.go/si.po*.yo

柴犬好可愛，我好想養。

B 안 돼. 집에 고양이 하나 있잖아.

an/dwe*.//ji.be/go.yang.i/ha.na/it.jja.na

不行，家裡已經有一隻貓了。

例句

例 여동생은 귀여워요.

yo*.dong.se*ng.eun/gwi.yo*.wo.yo

妹妹很可愛。

例 우리 조카가 귀엽지?

u.ri/jo.ka.ga/gwi.yo*p.jji

我姪兒很可愛吧？

例 티셔츠가 귀여워서 한 벌 샀어요.

ti.syo*.cheu.ga/gwi.yo*.wo.so*/han.bo*l/sa.sso*.yo

因為T恤很可愛，所以買了一件。

生詞

시바견→柴犬	
si.ba.gyo*n	
키우다→飼養、培養、撫養	
ki.u.da	

고양이→貓、貓咪	
go.yang.i	
여동생→妹妹	
yo*.dong.se*ng	
조카→姪子、姪兒	
jo.ka	
티셔츠→T恤	
ti.syo*.cheu	
귀엽다→可愛、惹人喜歡	
gwi.yo*p.da	
우리→我們、我的	
u.ri	
벌→件（衣服的數量單位）	
bo*l	
사다→買、購買	
sa.da	

대단해요.

de*.dan.he*.yo

了不起!

會話

A 아드님이 서울대에 합격했다면서요.
a.deu.ni.mi/so*.ul.de*.e/hap.gyo*.ke*t.da.
myo*n.so*.yo
聽說您兒子考上首爾大學了。

A 정말 대단해요. 축하해요.
jo*ng.mal/de*.dan.he*.yo//chu.ka.he*.yo
真了不起,恭喜你。

B 고마워요.
go.ma.wo.yo
謝謝。

例句

例 역시 대단하군요!
yo*k.ssi/de*.dan.ha.gu.nyo
你果然厲害!

例 넌 정말 대단해!
no*n/jo*ng.mal/de*.dan.he*
你真了不起!

生詞

아드님→令郎（用來稱呼人家的兒子）	
a.deu.nim	
서울대→首爾大學（서울대학교的略語）	
so*.ul.de*	
합격하다→及格、合格	
hap.gyo*.ka.da	

잘했어요.

jal.he*.sso*.yo

做得好、做得不錯

會 話

🅐 아참, 너희 둘 화해했다며?
a.cham//no*.hi/dul/hwa.he*.he*t.da.myo*
對了，聽說你們兩個和好了？

🅑 응, 맞아.
eung//ma.ja
嗯，沒錯。

🅐 야, 잘했어. 그럼 오늘 다 같이 놀러
갈 수 있겠네.
ya//jal.he*.sso*//geu.ro*m/o.neul/da/ga.chi/
nol.lo*/gal/ssu/it.gen.ne
做得好！那今天大家可以一起去玩囉！

例 句

例 한국어를 잘하시네요.
han.gu.go*.reul/jjal.ha.ssi.ne.yo
您韓語講得真好。

例 참 잘하셨어요.
cham/jal.ha.ssyo*.sso*.yo
您做得很好。

例 장하다. 진짜 잘했어.
jang.ha.da//jin.jja/jal.he*.sso*
了不起，你真的做得很棒！

例 잘했어요. 수고했어요.
jal.he*.sso*.yo//su.go.he*.sso*.yo
做得好，你辛苦了。

生 詞

아참→對了

a.cham

너희→你們

no*.hi

화해하다→和解、言和、和好

hwa.he*.ha.da

맞다→正確、沒錯

mat.da

한국어→韓國語、韓國話

han.gu.go*

장하다→優秀、了不起

jang.ha.da

둘→二、兩、兩個

dul

수고하다→辛苦

su.go.ha.da

훌륭해요.

hul.lyung.he*.yo

優秀、出色、很好

會話

Ⓐ 결혼 사진이 너무 훌륭해요.
gyo*l.hon/sa.ji.ni/no*.mu/hul.lyung.he*.yo
結婚照片很出色。

Ⓐ 이런 좋은 사진을 찍느라 고생 많으셨
어요.
i.ro*n/jo.eun/sa.ji.neul/jjing.neu.ra/go.se*ng/
ma.neu.syo*.sso*.yo
為了拍這麼美的照片,真是辛苦您了。

Ⓐ 정말 고맙습니다.
jo*ng.mal/go.map.sseum.ni.da
真的很感謝。

Ⓑ 아닙니다. 마음에 드셔서 정말 다행입
니다.
a.nim.ni.da//ma.eu.me/deu.syo*.so*/jo*ng.mal/
da.he*ng.im.ni.da
不會,您能滿意,真的太好了。

例句

例 정말 훌륭하군요.
jo*ng.mal/hul.lyung.ha.gu.nyo
真的很優秀。

例 훌륭한 아드님이네요!
hul.lyung.han/a.deu.ni.mi.ne.yo
你兒子真優秀。

例 훌륭한 정치인이 되고 싶습니다.

hul.lyung.han/jo*ng.chi.i.ni/dwe.go/sip.sseum.
ni.da

我想成為優秀的政治家。

生 詞

사진을 찍다→拍照、攝影	
sa.ji.neul/jjik.da	
마음에 들다→喜歡、滿意、中意	
ma.eu.me/deul.da	
정치인→政治家、政治人物	
jo*ng.chi.in	
되다→成為、當上	
dwe.da	
사진→照片、相片	
sa.jin	
고생하다→辛苦、辛勞	
go.se*ng.ha.da	

재미있어요.

jje*.mi.i.sso*.yo

好玩、有意思

會話

Ⓐ 뭐가 그렇게 재미있어?
mwo.ga/geu.ro*.ke/je*.mi.i.sso*
什麼事那麼有趣？

Ⓑ 완전 웃긴 동영상이야.
wan.jo*n/ut.gin/dong.yo*ng.sang.i.ya
超好笑的影片。

Ⓐ 뭐야? 나도 같이 봐.
mwo.ya//na.do/ga.chi/bwa
什麼啊？我也要一起看。

例句

例 재미있군요.
je*.mi.it.gu.nyo
很有趣耶！

例 하나도 재미없어요.
ha.na.do/je*.mi.o*p.sso*.yo
一點也不好玩。

例 어제 본 영화가 재미있었어요?
o*.je/bon/yo*ng.hwa.ga/je*.mi.i.sso*.sso*.yo
昨天你看的電影好看嗎？

例 한국 드라마가 아주 재미있습니다.
han.guk/deu.ra.ma.ga/a.ju/je*.mi.it.sseum.ni.da
韓國連續劇很好看。

例 이 게임은 좀 복잡하지만 재미있어요.
i/ge.i.meun/jom/bok.jja.pa.ji.man/je*.mi.i.sso*.yo
這個遊戲雖有點複雜但很好玩。

生詞

웃기다→可笑、好笑

ut.gi.da

동영상→影片、視頻

dong.yo*ng.sang

한국→韓國

han.guk

드라마→連續劇

deu.ra.ma

게임→遊戲

ge.im

복잡하다→複雜

bok.jja.pa.da

눈썹미가 있어요.

nun.sso*l.mi.ga/i.sso*.yo

有眼光

會話

Ⓐ 신혜 씨, 오늘 구두가 특이하고 예쁘
네요.

sin.hye/ssi//o.neul/gu.du.ga/teu.gi.ha.go/ye.
beu.ne.yo

信惠，你今天鞋子很特別很美呢！

Ⓑ 고마워요. 며칠 전에 백화점에서 샀어
요.

go.ma.wo.yo//myo*.chil/jo*.ne/be*.kwa.jo*.
me.so*/sa.sso*.yo

謝謝，這是幾天前在百貨公司買的。

Ⓐ 정말 눈썹미가 있군요. 잘 골랐어요.

jo*ng.mal/nun.sso*l.mi.ga/it.gu.nyo//jal/gol.la.
sso*.yo

你真有眼光！很會挑。

例句

例 너 눈썹미가 너무 낮아진 거 아니야?

no*/nun.sso*l.mi.ga/no*.mu/na.ja.jin/go*/a.ni.
ya

你的眼光是不是變太低了？

例 눈썹미가 좋으시네요.

nun.sso*l.mi.ga/jo.eu.si.ne.yo

您的眼光很好呢！

生 詞

구두→皮鞋、鞋子	
gu.du	
특이하다→特殊、特別	
teu.gi.ha.da	
며칠→幾天、幾日	
myo*.chil	
고르다→挑選、選擇	
go.reu.da	
낮아지다→下降、變低	
na.ja.ji.da	
고맙다→感謝、謝謝	
go.map.da	
백화점→百貨公司	
be*.kwa.jo*m	

과찬이에요.

gwa.cha.ni.e.yo

過獎了

會話一

Ⓐ 완전히 멋있다! 짱이야! 짱!
wan.jo*n.hi/mo*.sit.da//jjang.i.ya//jjang
太帥了！太讚了！讚！

Ⓐ 어쩜 그렇게 잘해?
o*.jjo*m/geu.ro*.ke/jal.he*
你怎麼會那麼厲害？

Ⓑ 아니에요. 과찬이에요.
a.ni.e.yo//gwa.cha.ni.e.yo
哪有？你過獎了。

會話二

Ⓐ 정말 대단하네요.
jo*ng.mal/de*.dan.ha.ne.yo
你真了不起！

Ⓑ 과찬의 말씀입니다.
gwa.cha.nui/mal.sseu.mim.ni.da
您過獎了。

生詞

완전히→完全地
wan.jo*n.hi
멋있다→帥、漂亮、酷
mo*.sit.da
잘하다→擅長、做得好
jal.ha.da
대단하다→了不起、厲害、超群
de*.dan.ha.da

맛없어요.

ma.do*p.sso*.yo

不好吃、難吃

會話一

Ⓐ 비빔밥 만들었는데 같이 먹을래?
bi.bim.bap/man.deu.ro*n.neun.de/ga.chi/mo*.
geul.le*
我做了拌飯，要一起吃嗎？

Ⓑ 응! 먹을래.
eung!/mo*.geul.le*
嗯！我要吃。

Ⓐ 저녁을 안 먹었어?
jo*.nyo*.geul/an/mo*.go*.sso*
你晚餐沒吃嗎？

Ⓑ 포장마차에서 국수를 먹었는데 완전
맛없었어.
po.jang.ma.cha.e.so*/guk.ssu.reul/mo*.go*n.
neun.de/wan.jo*n/ma.do*p.sso*.sso*
有在路邊攤吃麵，但超難吃。

Ⓑ 그래서 조금밖에 안 먹었어.
geu.re*.so*/jo.geum.ba.ge/an/mo*.go*.sso*
所以只吃了一點點。

會話二

Ⓐ 어때? 맛없어?
o*.de*//ma.do*p.sso*
如何？不好吃？

Ⓑ 응! 맛이 이상해.
eung//ma.si/i.sang.he*
嗯！味道很奇怪。

例句

例 이게 뭐야? 맛없어.
i.ge/mwo.ya//ma.do*p.sso*
這是什麼啊？好難吃。

例 별로 맛없어요.
byo*l.lo/ma.do*p.sso*.yo
不怎麼好吃。

例 맛없어도 그냥 먹어 줘요.
ma.do*p.sso*.do/geu.nyang/mo*.go*/jwo.yo
就算不好吃，也將就著吃吧。

例 이건 별로 맛없어 보이지만 진짜 맛있어요.
i.go*n/byo*l.lo/ma.do*p.sso*/bo.i.ji.man/jin.jja/ma.si.sso*.yo
這雖然看起來不怎麼好吃，但真的味道不錯。

生詞

비빔밥→拌飯
bi.bim.bap
포장마차→路邊攤、路邊帳篷小店
po.jang.ma.cha
국수→麵條、麵
guk.ssu
조금→少量、一點、稍微
jo.geum
이상하다→異常、奇怪
i.sang.ha.da
별로→不太、不怎麼
byo*l.lo

심심해요.

sim.sim.he*.yo

無聊、沒意思

會話一

Ⓐ 심심해요. 뭐 재미있는 거 없어요?
sim.sim.he*.yo//mwo/je*.mi.in.neun/go*/o*p.sso*.yo

好無聊，沒什麼好玩的嗎？

Ⓑ 그럼 장기 한 판 둬요.
geu.ro*m/jang.gi/han/pan/dwo.yo

那我們下一盤象棋吧。

Ⓐ 장기요? 좋죠!
jang.gi.yo//jo.chyo

象棋嗎？好啊！

會話二

Ⓐ 너무 심심해. 네가 놀아줘. 응?
no*.mu/sim.sim.he*//ni.ga/no.ra/jwo//eung

太無聊了，你陪我玩，好嗎？

Ⓐ 우리 놀이동산에 놀러 가자.
u.ri/no.ri.dong.sa.ne/nol.lo*/ga.ja

我們去遊樂園玩。

Ⓑ 안 돼. 너랑 놀아 줄 시간 없다.
an/dwe*//no*.rang/no.ra/jul/si.gan/o*p.da

不行，我沒時間跟你玩。

例句

例 심심해 죽겠어요.
sim.sim.he*/juk.ge.sso*.yo

無聊死了！

例 정말 따분해요.
jo*ng.mal/da.bun.he*.yo
真無聊耶！

生詞

장기를 두다→下象棋	
jang.gi.reul/du.da	
한 판→（比賽）一局、一盤	
han/pan	
놀이동산→遊樂場、遊樂園	
no.ri.dong.san	
놀다→玩	
nol.da	
따분하다→無聊、提不起勁	
da.bun.ha.da	

시시해요.

si.si.he*.yo

很無聊、沒趣、不怎麼樣、沒勁

會話

Ⓐ 아, 학교 다니기가 정말 싫어요.
a//hak.gyo/da.ni.gi.ga/jo*ng.mal/ssi.ro*.yo
啊～真的好討厭去上學。

Ⓑ 왜 싫어요?
we*/si.ro*.yo
為什麼討厭？

Ⓐ 학교가 너무 시시해요.
hak.gyo.ga/no*.mu/si.si.he*.yo
學校太無聊了。

Ⓐ 별로 배울 것도 없고요.
byo*l.lo/be*.ul/go*t.do/o*p.go.yo
也沒什麼可以學的。

例句

例 이 영화는 참 시시해요.
i/yo*ng.hwa.neun/cham/si.si.he*.yo
這部片真無趣。

例 이번 신곡은 너무 시시하고 제목과 가
사 내용도 관련성이 없네요.
i.bo*n/sin.go.geun/no*.mu/si.si.ha.go/je.mok.
gwa/ga.sa/ne*.yong.do/gwal.lyo*n.so*ng.i/o*
m.ne.yo
這次的新曲太沒勁了，歌名和歌詞的內容也沒
有關聯。

例 나랑 이런 시시한 장난을 치지 마.
na.rang/i.ro*n/si.si.han/jang.na.neul/chi.ji.ma
別跟我開這麼無聊的玩笑。

生 詞

배우다→學、學習、學得	
be*.u.da	
신곡→新曲、新歌	
sin.gok	
제목→題目、主題、歌名、片名	
je.mok	
가사→歌詞	
ga.sa	
관련성→關連性、關係性	
gwal.lyo*n.so*ng	
장난을 치다→淘氣、開玩笑、做手腳、搞小動作	
jang.na.neul/chi.da	

너무 어려워요.

no*.mu/o*.ryo*.wo.yo

太難了！

會話

A 숙제가 너무 어려워요.
suk.jje.ga/no*.mu/o*.ryo*.wo.yo
作業太難了。

B 내가 가르쳐 줄까?
ne*.ga/ga.reu.cho*/jul.ga
要我教你嗎？

A 진짜? 고마워. 떡볶이를 사 줄게.
jin.jja//go.ma.wo//do*k.bo.gi.reul/ssa/jul.ge
真的嗎？謝謝！我請你吃辣炒年糕。

例句

例 너무 어려워요. 못해요.
no*.mu/o*.ryo*.wo.yo//mo.te*.yo
太難了，我不會。

例 사용하기 좀 어렵네요. 도와 주세요.
sa.yong.ha.gi/jom/o*.ryo*m.ne.yo//do.wa/ju.
se.yo
使用起來有點難呢！請幫幫我。

例 안 어려워요. 한 번 해 보세요.
an/o*.ryo*.wo.yo//han/bo*n/he*/bo.se.yo
不難，你試試看吧。

生詞

가르치다→教、指導、傳授
.....
ga.reu.chi.da

떡볶이→辣炒年糕
do*k.bo.gi
사다→買、購買
sa.da
사용하다→使用
sa.yong.ha.da
숙제→作業
suk.jje
어렵다→難、困難
o*.ryo*p.da
못하다→不會、不能、辦不到
mo.ta.da

촌스러워요.

chon.seu.ro*.wo.yo

很土、俗氣、土包子

會 話

Ⓐ 내 머리스타일은 좀 촌스러워요.

ne*/mo*.ri.seu.ta.i.reun/jom/chon.seu.ro*.wo.yo

我的髮型有點土氣。

Ⓑ 안 촌스러워. 그냥 머리색만 바꾸면 돼.

an/chon.seu.ro*.wo//geu.nyang/mo*.ri.se*ng.man/ba.gu.myo*n/dwe*

不會啊！只要換個髮色就好了。

例 句

例 옷차림이 왜 이래? 너무 촌스러워.

ot.cha.ri.mi/we*/i.re*//no*.mu/chon.seu.ro*.wo

你怎麼穿這樣？太俗氣了。

例 그 옷은 약간 촌스러워 보여요.

geu/o.seun/yak.gan/chon.seu.ro*.wo/bo.yo*.yo

那件衣服看起來有些俗氣。

生 詞

촌스럽다→土里土氣、俗氣
chon.seu.ro*p.da
머리스타일→髮型
mo*.ri.seu.ta.il
바꾸다→換、交換、替換
ba.gu.da

불가능해요.

bul.ga.neung.he*.yo

不可能

會 話

Ⓐ 곧 방학인데 우리 여행 가자.
got/bang.ha.gin.de/u.ri/yo*.he*ng/ga.ja
馬上就要放假了，我們去旅行吧。

Ⓑ 일본이나 홍콩이 어때?
il.bo.ni.na/hong.kong.i/o*.de*
去日本或香港，你覺得如何？

Ⓐ 우리 예산으로는 해외여행은 불가능해
요.
u.ri/ye.sa.neu.ro.neun/he*.we.yo*.he*ng.eun/
bul.ga.neung.he*.yo
以我們的預算，海外旅遊是不可能的。

例 句

例 그것은 논리적으로 불가능해요.
geu.go*.seun/nol.li.jo*.geu.ro/bul.ga.neung.
he*.yo
那邏輯上是不可能的。

例 그 후보가 대통령이 된다는 것은 불가
능합니다.
geu/hu.bo.ga/de*.tong.nyo*ng.i/dwen.da.neun/
go*.seun/bul.ga.neung.ham.ni.da
那個候選人要當上總統是不可能的。

例 불가능해. 말도 안 돼.
bul.ga.neung.he*//mal.do/an/dwe*
不可能，太不像話了。

生詞

곧→立刻、馬上
got

방학→放假、假期
bang.hak

예산→預算
ye.san

논리적→邏輯的
nol.li.jo*k

후보→候選人、後補
hu.bo

여행을 가다→去旅行
yo*.he*ng.eul/ga.da

일본→日本
il.bon

대통령→總統
de*.tong.nyo*ng

Part 7

答應、拒絕

거절합니다.
我拒絕。

당연하지요.

dang.yo*n.ha.ji.yo

那當然、當然可以、必須的！

會話一

Ⓐ 규환 씨, 잠깐 날 좀 도와 줄 수 있겠어요?

gyu.hwan/ssi//jam.gan/nal/jjom/do.wa/jul/su/it.ge.sso*.yo

圭煥，可以幫我一下嗎？

Ⓑ 당연하지요. 뭘 도와 줄까요?

dang.yo*n.ha.ji.yo//mwol/do.wa/jul.ga.yo

當然，要幫你什麼？

會話二

Ⓐ 가끔 놀러 와도 돼?

ga.geum/nol.lo*/wa.do/dwe*

我可以偶爾過來玩嗎？

Ⓑ 당연하지. 네가 원한다면 언제든지 와도 돼!

dang.yo*n.ha.ji//ni.ga/won.han.da.myo*n/o*n.je.deun.ji/wa.do/dwe*

那當然，只要你想來，什麼時候來都可以！

生詞

잠깐→稍微、一會兒	
jam.gan	
도와 주다→幫助、幫忙	
do.wa/ju.da	
가끔→偶爾、時而	
ga.geum	

문제 없어요.

mun.je/o*p.sso*.yo

沒問題！

會話

🅐 창고에 작은 상자 두 박스가 있는데
내 사무실에 갖다 놓으세요.

chang.go.e/ja.geun/sang.ja/du/bak.sseu.ga/in.
neun.de/ne*/sa.mu.si.re/gat.da/no.eu.se.yo

倉庫有兩個小箱子，請你把它拿到我的辦公
室。

🅑 예, 문제 없어요.

ye//mun.je/o*p.sso*.yo

好的，沒問題！

例句

例 별 문제 없어요. 걱정하지 마세요.

byo*l/mun.je/o*p.sso*.yo//go*k.jjo*ng.ha.ji/
ma.se.yo

沒什麼問題，請您別擔心。

生詞

창고→倉庫
chang.go
작다→小
jak.da
상자→箱子
sang.ja
박스→盒、箱
bak.sseu

7
答應、拒絕

갖다→拿、取

gat.da

놓다→放、擱置

no.ta

걱정하다→擔心、操心、擔憂

go*k.jjo*ng.ha.da

사무실→辦公室

sa.mu.sil

문제→問題

mun.je

별→特別、特殊、奇怪

byo*l

물론입니다.

mul.lo.nim.ni.da

那當然、當然可以、沒問題

會話一

Ⓐ 실례하지만 중국어로 된 안내책자를 무료로 받을 수 있습니까?

sil.lye.ha.ji.man/jung.gu.go*.ro/dwen/an.ne*. che*k.jja.reul/mu.ryo.ro/ba.deul/ssu/it.sseum. ni.ga

不好意思,請問我可以領取免費的中文小冊子嗎?

Ⓑ 물론입니다. 여기에 있습니다.

mul.lo.nim.ni.da//yo*.gi.e/it.sseum.ni.da

當然可以,在這裡。

Ⓐ 감사합니다.

gam.sa.ham.ni.da

謝謝您。

會話二

Ⓐ 빈 방이 있습니까?

bin/bang.i/it.sseum.ni.ga

請問有空房嗎?

Ⓑ 예, 빈 방이 있습니다.

ye//bin/bang.i/it.sseum.ni.da

有,有空房。

Ⓑ 어떤 방을 원하십니까?

o*.do*n/bang.eul/won.ha.sim.ni.ga

您想要什麼樣的房型?

Ⓐ 제일 싼 더블룸은 일박에 얼마입니까?

je.il/ssan/do*.beul.lu.meun/il.ba.ge/o*l.ma.im.ni.ga

請問最便宜的雙人房一晚是多少錢？

Ⓑ 십만원입니다.

sim.ma.nwo.nim.ni.da

十萬韓圜。

Ⓐ 그럼 방 좀 볼 수 있을까요?

geu.ro*m/bang/jom/bol/su/i.sseul.ga.yo

那可以看一下房間嗎？

Ⓑ 물론입니다. 잠시만 기다려 주십시오.

mul.lo.nim.ni.da//jam.si.man/gi.da.ryo*/ju.sip.ssi.o

當然可以，請您稍等一會。

| 會話三 |

Ⓐ 실례합니다, 여기에 귀중품을 맡겨도 되겠어요?

sil.lye.ham.ni.da//yo*.gi.e/gwi.jung.pu.meul/mat.gyo*.do/dwe.ge.sso*.yo

不好意思，請問這裡可以保管貴重物品嗎？

Ⓑ 물론입니다.

mul.lo.nim.ni.da

當然可以。

Ⓑ 맡기실 물건은 이 박스 안에 넣어 주세요.

mat.gi.sil/mul.go*.neun/i/bak.sseu/a.ne/no*.o/ju.se.yo

請將您要保管的物品裝入這個箱子內。

生詞

중국어→中國語、中文
jung.gu.go*
안내책자→手冊、小冊子
an.ne*.che*k.jja
원하다→願、希望、想要
won.ha.da
더블룸→雙人房
do*.beul.lum
귀중품→貴重物品
gwi.jung.pum
맡기다→交給、託付、寄放
mat.gi.da
넣다→放入、裝進、投入
no*.ta

7
答應、拒絕

152

좋아요.

jo.a.yo

好啊、可以

會話一

Ⓐ 맥주도 시킬까요?
me*k.jju.do/si.kil.ga.yo
也要點啤酒嗎？

Ⓑ 좋아요. 맥주 두 잔 시켜요.
jo.a.yo//me*k.jju/du/jan/si.kyo*.yo
好啊，點兩杯啤酒。

會話二

Ⓐ 걸어서 편의점에 갑시다.
go*.ro*.so*/pyo*.nui.jo*.me/gap.ssi.da
我們走路去便利商店吧。

Ⓑ 좋아요. 집에서 편의점까지 아주 가까워요.
jo.a.yo//ji.be.so*/pyo*.nui.jo*m.ga.ji/a.ju/ga.ga.wo.yo
好啊！從家裡到便利商店很近。

會話三

Ⓐ 어디 가?
o*.di/ga
你要去哪？

Ⓑ 마트에 가.
ma.teu.e/ga
去超市。

Ⓐ 같이 가도 돼?
ga.chi/ga.do/dwe*
可以一起去嗎？

B 좋아, 같이 가.
jo.a//ga.chi/ga
好啊,一起去。

生 詞

맥주→啤酒	
me*k.jju	
시키다→點菜	
si.ki.da	
잔→杯	
jan	
편의점→便利商店	
pyo*.nui.jo*m	
가깝다→近、接近	
ga.gap.da	
마트→超市	
ma.teu	

좋은 생각이에요.

jo.eun/se*ng.ga.gi.e.yo

好主意、好想法

會 話

Ⓐ 우리 2박3일 제주도 여행을 갈까?
u.ri/i.bak.ssa.mil/je.ju.do/yo*.he*ng.eul/gal.ga
我們來個3天2夜的濟州島旅行，如何？

Ⓑ 좋은 생각이에요.
jo.eun/se*ng.ga.gi.e.yo
好主意呢！

例 句

例 지금 생각하니 좋은 생각이네.
ji.geum/se*ng.ga.ka.ni/jo.eun/se*ng.ga.gi.ne
現在想想，覺得是不錯的主意呢！

例 그거 좋은 생각이네요. 그렇게 합시다.
geu.go*/jo.eun/se*ng.ga.gi.ne.yo//geu.ro*.ke/
hap.ssi.da
那是個好主意呢！就那麼辦吧。

生 詞

박→泊（為計算在外地過夜次數的單位）	
bak	
일→日、天	
il	
제주도→濟州島（地名）	
je.ju.do	
좋다→好	
jo.ta	

마음대로 하세요.

ma.eum.de*.ro/ha.se.yo

請便、隨便你、你想怎麼做就怎麼做吧

會話

Ⓐ 나 내일 사표를 낼 거야.
na/ne*.il/sa.pyo.reul/ne*l/go*.ya
我明天要遞辭呈了。

Ⓑ 아니, 왜요?
a.ni//we*.yo
為什麼？

Ⓐ 이쪽 일이 힘들긴 한데 월급이 적잖아.
i.jjok/i.ri/him.deul.gin/han.de/wol.geu.bi/jo*k.
jja.na
這邊的工作很辛苦，但是薪水很少。

Ⓑ 그래요. 마음대로 하세요.
geu.re*.yo//ma.eum.de*.ro/ha.se.yo
好吧！你想怎麼做就怎麼做吧！

例句

例 할 말 없다. 네 마음대로 해라!
hal/mal/o*p.da//ni/ma.eum.de*.ro/he*.ra
我無話可說，隨便你吧！

例 아이고, 몰라요. 당신 마음대로 해요.
a.i.go/mol.la.yo//dang.sin/ma.eum.de*.ro/he*.
yo
哎呀！我不知道了，隨便你吧。

7
答應、拒絕

生詞

사표→辭呈	
sa.pyo	

1
5
6

내다→交、給、拿出
ne*.da
힘들다→辛苦
him.deul.da
월급→月薪、薪水
wol.geup
적다→少、不多
jo*k.da
모르다→不知道
mo.reu.da
내일→明天
ne*.il
이쪽→這邊、這裡
i.jjok
당신→你（使用在夫妻之間、吵架的對象）
dang.sin

좋을대로 하세요.

jo.eul.de*.ro/ha.se.yo

隨便你吧、看你自己吧

會 話

Ⓐ 내일 소개팅에 뭐 입고 가요?
ne*.il/so.ge*.ting.e/mwo/ip.go/ga.yo
明天相親要穿什麼去？

Ⓐ 치마를 입고 가도 돼요?
chi.ma.reul/ip.go/ga.do/dwe*.yo
穿裙子去可以嗎？

Ⓑ 좋을대로 해요.
jo.eul.de*.ro/he*.yo
隨便你吧。

例 句

例 마음대로 하세요.
ma.eum.de*.ro/ha.se.yo
隨便您吧。

例 편하신대로 하세요.
pyo*n.ha.sin.de*.ro/ha.se.yo
看您方便吧。

生 詞

소개팅→相親約會（由別人介紹安排的男
　　　　女初次見面）
- -
so.ge*.ting

치마→裙子
- -
chi.ma

찬성합니다.

chan.so*ng.ham.ni.da

我贊成、我同意

會 話

A 찬성하시면 손을 들어 주세요.

chan.so*ng.ha.si.myo*n/so.neul/deu.ro*/ju.se.yo

如果贊成，請舉手。

B 저는 찬성합니다.

jo*.neun/chan.so*ng.ham.ni.da

我贊成。

例 句

例 찬성 이유를 좀 말씀해 주시기 바랍니다.

chan.so*ng/i.yu.reul/jjom/mal.sseum.he*/ju.si.gi/ba.ram.ni.da

請您說說贊成的理由。

例 저는 찬성이라고 생각합니다.

jo*.neun/chan.so*ng.i.ra.go/se*ng.ga.kam.ni.da

我是贊成的。

例 저도 그렇게 생각합니다.

jo*.do/geu.ro*.ke/se*ng.ga.kam.ni.da

我也是這麼認為。

例 나도 동의해요.

na.do/dong.ui.he*.yo

我也同意。

例 나쁜 생각이 아니네요. 해 봅시다.

na.beun/se*ng.ga.gi/a.ni.ne.yo//he*/bop.ssi.da

是不錯的主意，我們試試吧！

生 詞

찬성하다→贊成、贊同	
chan.so*ng.ha.da	
손→手	
son	
들다→拿、提、舉、抬	
deul.da	
바라다→希望、盼望、指望	
ba.ra.da	
나쁘다→差、壞、不好	
na.beu.da	
이유→理由	
i.yu	
말씀하다→說、講（말하다的敬語）	
mal.sseum.ha.da	
생각하다→認為、想	
se*ng.ga.ka.da	
동의하다→同意	
dong.ui.ha.da	

반대합니다.

ban.de*.ham.ni.da

我反對、不贊同

會 話

Ⓐ 저는 반대합니다.
jo*.neun/ban.de*.ham.ni.da
我反對。

Ⓑ 왜 반대합니까? 이유 좀 부탁 드립니다.
we*/ban.de*.ham.ni.ga//i.yu/jom/bu.tak/deu.
rim.ni.da
為什麼反對？請您說說理由。

例 句

例 저는 동의할 수 없습니다.
jo*.neun/dong.ui.hal/ssu/o*p.sseum.ni.da
我無法同意。

例 저는 찬성하지 않습니다.
jo*.neun/chan.so*ng.ha.ji/an.sseum.ni.da
我不贊成。

例 그것은 좋은 생각이 아니라고 봅니다.
geu.go*.seun/jo.eun/se*ng.ga.gi/a.ni.ra.go/
bom.ni.da
我認為那不是個好主意。

生 詞

이유→理由
i.yu

동의하다→同意
dong.ui.ha.da

1
6
1

안 돼요!

an/dwe*.yo

不行、不可以

會話

Ⓐ 선생님, 저 배가 좀 아픈데 집으로 가
도 돼요?

so*n.se*ng.nim//jo*/be*.ga/jom/a.peun.de/ji.
beu.ro/ga.do/dwe*.yo

老師，我肚子有點痛，可以回家嗎？

Ⓑ 안 돼! 아프면 양호실에 가서 좀 쉬어.

an/dwe*//a.peu.myo*n/yang.ho.si.re/ga.so*/
jom/swi.o*

不行！不舒服就去保健室休息一下。

例句

例 여기서는 쓰레기를 버려서는 안 됩니다.

yo*.gi.so*.neun/sseu.re.gi.reul/bo*.ryo*.so*.
neun/an/dwem.ni.da

這裡不可以丟棄垃圾。

例 안 돼요! 절대 안 돼요.

an/dwe*.yo//jo*l.de*/an/dwe*.yo

不行！絕對不行！

生詞

쓰레기→垃圾
sseu.re.gi

버리다→丟掉、丟棄
bo*.ri.da

됐어요.

dwe*.sso*.yo

不用了

會話一

Ⓐ 피곤하실텐데 제가 운전할게요.

pi.gon.ha.sil.ten.de/je.ga/un.jo*n.hal.ge.yo

您累了吧，我來開車。

Ⓑ 됐어. 내가 널 어떻게 믿냐?

dwe*.sso*//ne*.ga/no*l/o*.do*.ke/min.nya

不用了，我怎麼相信你？

會話二

Ⓐ 배 많이 고프지? 엄마가 금방 밥 해 줄게.

be*/ma.ni/go.peu.ji//o*m.ma.ga/geum.bang/ba/pe*/jul.ge

你肚子很餓吧？媽媽馬上煮飯給你吃。

Ⓑ 됐어요. 제가 나가서 먹을게요.

dwe*.sso*.yo//je.ga/na.ga.so*/mo*.geul.ge.yo

不用了，我出去吃。

例 句

例 됐거든. 다 필요 없거든.

dwe*t.go*.deun//da/pi.ryo/o*p.go*.deun

不用了，都不需要。

生 詞

운전하다→開車、駕駛

un.jo*n.ha.da

배→肚子、腹
be*
고프다→肚子餓
go.peu.da
밥하다→做飯
ba.pa.da
필요가 없다→不要、不用
pi.ryo.ga/o*p.da
피곤하다→疲勞、疲倦
pi.gon.ha.da
금방→馬上、立刻
geum.bang
나가다→出去、出門
na.ga.da
먹다→吃
mo*k.da

싫어요.

si.ro*.yo

討厭、不要、不喜歡

會 話

Ⓐ 병원에 가자.
byo*ng.wo.ne/ga.ja
我們去醫院吧。

Ⓑ 싫어. 안 가.
si.ro*//an/ga
不要,我不去。

Ⓐ 열이 너무 많이 나잖아. 가야 돼.
yo*.ri/no*.mu/ma.ni/na.ja.na//ga.ya/dwe*
你發高燒了,必須去。

例 句

例 이건 너무 싫어요.
i.go*n/no*.mu/si.ro*.yo
我很討厭這個。

例 난 네가 꼴보기 싫어!
nan/ni.ga/gol.bo.gi/si.ro*
我不想看到你的臉!

例 김밥은 싫어요. 다른 걸 먹고 싶어요.
gim.ba.beun/si.ro*.yo//da.reun/go*l/mo*k.go/
si.po*.yo
我不要吃海苔飯捲,我要吃別的。

例 싫어 죽겠어.
si.ro*/juk.ge.sso*
討厭死了。

生詞

병원→醫院	
byo*ng.won	
열이 나다→發燒	
yo*.ri/na.da	
꼴→樣子、外表、長相	
gol	
김밥→海苔飯捲	
gim.bap	
가다→去、前往	
ga.da	
이건→這個（이것은的略語）	
i.go*n	
다른→其他的、別的	
da.reun	

아니에요.

a.ni.e.yo

不是、不會、不用了

會話一

Ⓐ 민정 씨는 대학생이에요?
min.jo*ng/ssi.neun/de*.hak.sse*ng.i.e.yo
敏靜妳是大學生嗎？

Ⓑ 저는 대학생이 아니에요. 회사원이에요.
jo*.neun/de*.hak.sse*ng.i/a.ni.e.yo//hwe.sa.
wo.ni.e.yo
我不是大學生，是上班族。

會話二

Ⓐ 폐를 끼쳐서 죄송합니다.
pye.reul/gi.cho*.so*/jwe.song.ham.ni.da
對不起給您添麻煩了。

Ⓑ 아니에요. 제가 더 미안하죠.
a.ni.e.yo//je.ga/do*/mi.an.ha.jyo
不會，是我比較抱歉。

會話三

Ⓐ 많이 춥지? 빨리 이거 입어.
ma.ni/chup.jji//bal.li/i.go*/i.bo*
很冷吧？快點穿上這個。

Ⓑ 아니에요. 괜찮아요.
a.ni.e.yo//gwe*n.cha.na.yo
不用了，沒關係。

例 句

例 저거 새가 아니에요.

jo*.go*/se*.ga/a.ni.e.yo
那不是鳥。

例 이거 아무것도 아니에요.
i.go*/a.mu.go*t.do/a.ni.e.yo
這不算什麼。

例 이건 농담이 아니에요.
i.go*n/nong.da.mi/a.ni.e.yo
這不是開玩笑。

例 너무 비싼 거 아니에요?
no*.mu/bi.ssan/go*/a.ni.e.yo
會不會太貴？

例 전혀 사실이 아닙니다.
jo*n.hyo*/sa.si.ri/a.nim.ni.da
根本不是事實。

生詞

대학생→大學生	
de*.hak.sse*ng	
회사원→公司職員、員工、上班族	
hwe.sa.won	
폐를 끼치다→打擾、打擾、添麻煩	
pye.reul/gi.chi.da	
새→鳥	
se*	
농담→玩笑、笑話	
nong.dam	
비싸다→價格貴	
bi.ssa.da	
전혀→壓根、根本、全然、完全	
jo*n.hyo*	

나중에.

na.jung.e

改天吧、以後

會話一

Ⓐ 팀장님, 할 말 있습니다.
tim.jang.nim//hal/mal/it.sseum.ni.da
組長，我有話要説。

Ⓑ 난 지금 나가야 돼요.
nan/ji.geum/na.ga.ya/dwe*.yo
我現在要出門。

Ⓑ 나중에 얘기해요.
na.jung.e/ye*.gi.he*.yo
以後再説吧。

會話二

Ⓐ 난 주말에 이사 가요.
nan/ju.ma.re/i.sa/ga.yo
我周末要搬走了。

Ⓑ 예, 얘기를 들었어요.
ye//ye*.gi.reul/deu.ro*.sso*.yo
我聽説了。

Ⓑ 이사 잘하시고 나중에 뵐게요.
i.sa/jal.ha.ssi.go/na.jung.e/bwel.ge.yo
祝您搬家順利，我們以後再見面。

例句

例 제가 나중에 다시 전화하겠습니다.
je.ga/na.jung.e/da.si/jo*n.hwa.ha.get.sseum.ni.da
我以後再撥電話過去。

例 이 부분은 나중에 다시 설명해 드리겠습니다.

i/bu.bu.neun/na.jung.e/da.si/so*l.myo*ng.he*/deu.ri.get.sseum.ni.da

這個部分我以後再跟你說明。

生詞

팀장님→隊長、組長	
tim.jang.nim	
애기하다→講、說、聊	
ye*.gi.ha.da	
이사 가다→搬走、遷出	
i.sa/ga.da	
뵈다→看（보다的謙語）	
bwe.da	
부분→部分	
bu.bun	
설명하다→說明、解說	
so*l.myo*ng.ha.da	

필요 없어요.

pi.ryo/o*p.sso*.yo

不需要、沒必要、不必了

會話

Ⓐ 너 얼굴이 너무 빨개, 열도 있네. 많이 안 좋아?

no*/o*l.gu.ri/no*.mu/bal.ge*//yo*l.do/in.ne// ma.ni/an/jo.a

你的臉很紅，也有發燒。你很不舒服嗎？

Ⓑ 난 괜찮아.

nan/gwe*n.cha.na

我沒事。

Ⓐ 안 되겠다. 약을 사 올게.

an/dwe.get.da//ya.geul/ssa/ol.ge

這樣不行，我去買藥回來。

Ⓑ 필요 없어. 좀 쉬면 돼.

pi.ryo/o*p.sso*//jom/swi.myo*n/dwe*

不需要，我休息一下就好。

例句

例 다 괜찮을 겁니다. 걱정할 필요 없어요.

da/gwe*n.cha.neul/go*m.ni.da//go*k.jjo*ng. hal/pi.ryo/o*p.sso*.yo

會沒事的，你不需要擔心。

例 됐어요. 필요 없어요.

dwe*.sso*.yo//pi.ryo/o*p.sso*.yo

算了，不必了。

生 詞

얼굴→臉、面孔	
o*l.gul	
빨갛다→赤、紅	
bal.ga.ta	
열이 있다→發燒	
yo*.ri/it.da	
약→藥	
yak	
쉬다→休息、歇息	
swi.da	
사 오다→買回來	
sa/o.da	
다→都、全部	
da	
걱정하다→擔心、操心	
go*k.jjo*ng.ha.da	

시간 없어요.

si.gan/o*p.sso*.yo

沒時間、沒空

會 話

A 언니, 좀 도와 줘. 나 이거 못해.
o*n.ni/jom/do.wa/jwo/na/i.go*/mo.te*
姊,幫幫我,我這個不會。

B 나 시간 없어. 지금 나가야 돼.
na/si.gan/o*p.sso*//ji.geum/na.ga.ya/dwe*
我沒時間,現在得出門。

A 잠깐이면 돼. 제발!
jam.ga.ni.myo*n/dwe*//je.bal
一下就好了,拜託!

例 句

例 요즘 너무 바빠서 요리할 시간이 없어
요.
yo.jeum/no*.mu/ba.ba.so*/yo.ri.hal/ssi.ga.ni/
o*p.sso*.yo
最近太忙了,沒時間做菜。

例 시간이 없습니다. 서두르세요!
si.ga.ni/o*p.sseum.ni.da//so*.du.reu.se.yo
沒時間了,趕緊做!

生 詞

못하다→不會、不能
mo.ta.da
나가다→出去、出門
na.ga.da

Part 8

回應他人

네 말이 맞아.
你説得對。

그렇군요.

geu.ro*.ku.nyo

原來如此！

會話一

Ⓐ 오늘은 좀 늦었네요.
o.neu.reun/jom/neu.jo*n.ne.yo
你今天有點晚呢！

Ⓑ 미안, 길에서 친구를 만나서 얘기 좀
나누느라…
mi.an//gi.re.so*/chin.gu.reul/man.na.so*/ye*.
gi/jom/na.nu.neu.ra
抱歉，在路上遇到朋友，聊了一會…

Ⓐ 그렇군요.
geu.ro*.ku.nyo
原來如此！

會話二

Ⓐ 너 어떻게 그렇게 영어를 잘해?
no*/o*.do*.ke/geu.ro*.ke/yo*ng.o*.reul/jjal.
he*
你怎麼英文説得那麼好？

Ⓑ 예전에 캐나다에서 2년정도 살았어요.
ye.jo*.ne/ke*.na.da.e.so*/i.nyo*n.jo*ng.do/sa.
ra.sso*.yo
以前我在加拿大住過兩年。

Ⓐ 아, 그렇구나.
a//geu.ro*.ku.na
啊～原來如此。

例 句

例 그렇군요! 괜히 오해해서 죄송해요.
geu.ro*.ku.nyo//gwe*n.hi/o.he*.he*.so*/jwe.song.he*.yo
原來如此！對不起，我誤會了。

生 詞

얘기를 나누다→交談、聊天	
ye*.gi.reul/na.nu.da	
영어→英語、英文	
yo*ng.o*	
잘하다→擅長、拿手做	
jal.ha.da	
예전→以前、從前	
ye.jo*n	
살다→住、活	
sal.da	
캐나다→加拿大	
ke*.na.da	
오해하다→誤會、誤解	
o.he*.ha.da	

알겠습니다.

al.get.sseum.ni.da

了解、知道了、明白了、是！

會話

Ⓐ 내일 중요한 미팅이 있는 거 알지?
ne*.il/jung.yo.han/mi.ting.i/in.neun/go*/al.jji
明天有個重要的會議，你知道吧？

Ⓐ 준비할 게 많으니까 일찍 와.
jun.bi.hal/ge/ma.neu.ni.ga/il.jjik/wa
要準備的東西很多，你要早點來。

Ⓑ 예, 알겠습니다.
ye//al.get.sseum.ni.da
是，我知道了。

例句

例 알겠습니다. 바로 출발하겠습니다.
al.get.sseum.ni.da//ba.ro/chul.bal.ha.get.sseum.
ni.da
了解，我馬上出發。

例 알겠습니다. 말씀하신대로 하겠습니다.
al.get.sseum.ni.da//mal.sseum.ha.sin.de*.ro/ha.
get.sseum.ni.da
我明白了，會照您説的去做。

例 아빠가 왜 화나셨는지는 이제 알겠어요.
a.ba.ga/we*/hwa.na.syo*n.neun.ji.neun/i.je/al.
ge.sso*.yo
我現在知道為什麼爸爸會生氣了。

生 詞

중요하다→重要	
jung.yo.ha.da	
미팅→會議、聚會、集會	
mi.ting	
준비하다→準備、籌備	
jun.bi.ha.da	
많다→多、不少	
man.ta	
화나다→發火、生氣	
hwa.na.da	
이제→現在才	
i.je	

그냥 그래요.

geu.nyang/geu.re*.yo

還是那樣吧、普通、就那樣

會話一

Ⓐ 아주머니, 잘 지내셨어요?

a.ju.mo*.ni//jal/jji.ne*.syo*.sso*.yo

您過得好嗎？

Ⓑ 난 그냥 그래.

nan/geu.nyang/geu.re*

我就那樣吧。

Ⓑ 너 귀국했다는 소문을 들었어. 너도 잘 지내?

no*/gwi.gu.ke*t.da.neun/so.mu.neul/deu.ro*. sso*//no*.do/jal/jji.ne*

聽說你回國了，你也過得好嗎？

會話二

Ⓐ 기분은 어때?

gi.bu.neun/o*.de*

心情如何？

Ⓑ 뭐, 그냥 그래요.

mwo//geu.nyang/geu.re*.yo

嗯…就那樣吧。

Ⓐ 뭐야? 그렇게 기뻐하지 않는 것 같은데.

mwo.ya//geu.ro*.ke/gi.bo*.ha.ji/an.neun/go*t/ ga.teun.de

什麼呀？感覺沒有很高興呢！

Ⓑ 기쁘죠. 좀 긴장해서 그래요.

gi.beu.jyo//jom/gin.jang.he*.so*/geu.re*.yo

高興啊，只是有點緊張而已。

例 句

例 그저 그래요.

geu.jo*/geu.re*.yo

還是那樣吧

例 별로예요.

byo*l.lo.ye.yo

不怎麼樣。

生 詞

아주머니→阿姨、伯母、大媽	
a.ju.mo*.ni	
귀국하다→歸國、回國	
gwi.gu.ka.da	
소문을 듣다→聽到傳聞	
so.mu.neul/deut.da	
기분→心情	
gi.bun	
기뻐하다→高興、歡喜	
gi.bo*.ha.da	
긴장하다→緊張	
gin.jang.ha.da	

맞아요.

ma.ja.yo

沒錯、對、正確無誤

會話一

Ⓐ 이렇게 하면 되나요?
i.ro*.ke/ha.myo*n/dwe.na.yo
這樣做就可以了嗎？

Ⓑ 네, 맞아요.
ne//ma.ja.yo
是的，沒錯。

會話二

Ⓐ 너 지금 나랑 헤어지자는 거야?
no*/ji.geum/na.rang/he.o*.ji.ja.neun/go*.ya
你現在是要跟我分手嗎？

Ⓐ 너 다른 남자 생긴 거 맞지?
no*/da.reun/nam.ja/se*ng.gin/go*/mat.jji
你有別的男人了對吧？

Ⓑ 응, 맞아. 헤어지자.
eung//ma.ja//he.o*.ji.ja
嗯，沒錯，我們分手吧。

例 句

例 그렇습니다.
geu.ro*.sseum.ni.da
沒錯。

例 옳아요.
o.ra.yo
對。

生詞

남자→男人、男生、男性
nam.ja
헤어지다→分手、分開
he.o*.ji.da
그렇다→那樣、是那樣
geu.ro*.ta
옳다→正確、對
ol.ta
이렇다→這樣
i.ro*.ta
지금→現在
ji.geum
생기다→產生、出現、有了
se*ng.gi.da

확실히 그래요.

hwak.ssil.hi/geu.re*.yo

確實如此

會話一

Ⓐ 두 사람이 진짜 사귀는 거 맞아?
du/sa.ra.mi/jin.jja/sa.gwi.neun/go*/ma.ja
他們兩個真的在交往，沒錯嗎？

Ⓑ 확실히 그래요.
hwak.ssil.hi/geu.re*.yo
確實如此。

Ⓑ 제가 이 두 눈으로 똑똑히 봤다니까.
je.ga/i/du/nu.neu.ro/dok.do.ki/bwat.da.ni.ga
我這雙眼睛清清楚楚看到的。

會話二

Ⓐ 이번 달은 비행기표 싸게 사는 시기라
고 들었는데요.
i.bo*n/da.reun/bi.he*ng.gi.pyo/ssa.ge/sa.neun/
si.gi.ra.go/deu.ro*n.neun.de.yo
聽說這個月是買機票很便宜的時期。

Ⓑ 확실히 그래요.
hwak.ssil.hi/geu.re*.yo
確實如此。

Ⓑ 일반적으로 말하면 4월의 비행기표는
제일 싸요.
il.ban.jo*.geu.ro/mal.ha.myo*n/sa.wo.rui/bi.
he*ng.gi.pyo.neun/je.il/ssa.yo
一般來說，4月的機票最便宜。

生詞

사귀다→交往、交朋友、結識	
sa.gwi.da	
확실히→確實地、確切地	
hwak.ssil.hi	
이번 달→這個月	
i.bo*n/dal	
비행기표→飛機票	
bi.he*ng.gi.pyo	
시기→時期、時機	
si.gi	
일반적→一般、普通	
il.ban.jo*k	
눈→眼睛	
nun	
똑똑히→清清楚楚地、明確地	
dok.do.ki	
싸다→便宜	
ssa.da	

정말이에요?

jo*ng.ma.ri.e.yo

真的嗎？

會話

Ⓐ 아드님이 대학에 합격했다면서요. 정
말이에요?

a.deu.ni.mi/de*.ha.ge/hap.gyo*.ke*t.da.myo*n.
so*.yo//jo*ng.ma.ri.e.yo

聽説令郎大學合格了，是真的嗎？

Ⓑ 네, 서울대학교요.

ne//so*.ul.de*.hak.gyo.yo

對，是首爾大學。

Ⓐ 와, 아드님이 대단하네요.

wa//a.deu.ni.mi/de*.dan.ha.ne.yo

哇！令郎真了不起！

Ⓐ 정말 축하해요.

jo*ng.mal/chu.ka.he*.yo

真的恭喜你！

例句

例 그게 정말인가요? 도대체 그런 소문은
어디서 들은 거예요?

geu.ge/jo*ng.ma.rin.ga.yo//do.de*.che/geu.ro*
n/so.mu.neun/o*.di.so*/deu.reun/go*.ye.yo

那是真的嗎？你究竟是從哪裡聽説那種消息
的？

例 정말이야? 나 그런 얘기는 전혀 모르
고 있었어.

jo*ng.ma.ri.ya//na/geu.ro*n/ye*.gi.neun/jo*n.
hyo*/mo.reu.go/i.sso*.sso*

真的嗎？我完全不知道那件事。

生 詞

아드님→令郎、公子
（用來稱呼他人的兒子）
a.deu.nim
대학→大學
de*.hak
대단하다→很厲害、了不起、出眾
de*.dan.ha.da
소문→傳聞、消息
so.mun
애기→話、件事、故事
（為이야기的略語）
ye*.gi
모르다→不知道、不懂、不認識
mo.reu.da

그래요?

geu.re*.yo

是嗎？

會話一

Ⓐ 나 다음 달에 결혼해요.
na/da.eum/da.re/gyo*l.hon.he*.yo
我下個月要結婚了。

Ⓑ 그래요? 축하해요.
geu.re*.yo//chu.ka.he*.yo
是嗎？恭喜你！

Ⓑ 결혼식이 언제예요?
gyo*l.hon.si.gi/o*n.je.ye.yo
婚禮是什麼時候？

會話二

Ⓐ 예빈이가 오늘 학교에 오지 않았어.
ye.bi.ni.ga/o.neul/hak.gyo.e/o.ji/a.na.sso*
藝彬今天沒有來學校。

Ⓑ 그래? 뭔일 있는 건 아니야?
geu.re*//mwo.nil/in.neun/go*n/a.ni.ya
是嗎？會不會有什麼事啊？

Ⓐ 그럼 수업이 끝난 후에 같이 예빈이
집에 들러 볼까?
geu.ro*m/su.o*.bi/geun.nan/hu.e/ga.chi/ye.bi.
ni/ji.be/deul.lo*/bol.ga
那我們下課後，一起順道去藝彬家看看吧。

生 詞

결혼하다→結婚
gyo*l.hon.ha.da

결혼식→結婚典禮

gyo*l.hon.sik

학교→學校

hak.gyo

수업→課程、課

su.o*p

끝나다→結束、完結

geun.na.da

다음 달→下個月

da.eum/dal

언제→什麼時候、何時

o*n.je

들르다→（途中）順道去、順便繞到

deul.leu.da

어쩐지

o*.jjo*n.ji

怪不得、難怪

會話一

Ⓐ 소식 들었어?

so.sik/deu.ro*.sso*

你聽說了嗎?

Ⓐ 준영 씨가 회사에서 짤렸대.

ju.nyo*ng/ssi.ga/hwe.sa.e.so*/jjal.lyo*t.de*

俊英被公司裁員了。

Ⓑ 어쩐지 어제 회사에서 안 보이더라.

o*.jjo*n.ji/o*.je/hwe.sa.e.so*/an.bo.i.do*.ra

難怪昨天在公司沒看到他。

會話二

Ⓐ 어제 밤에 한 숨도 못 잤어요.

o*.je/ba.me/han/sum.do/mot/ja.sso*.yo

昨天晚上完全沒闔到眼。

Ⓑ 어쩐지 오늘따라 많이 피곤해 보이네.

o*.jjo*n.ji/o.neul.da.ra/ma.ni/pi.gon.he*/bo.i.
ne

難怪你今天看起來特別疲憊。

生詞

소식→音訊、消息、信息
so.sik
짤리다→被裁員、被解雇（正確用法為
짤리다）
jjal.li.da

저도요.

jo*.do.yo

我也是

會話一

Ⓐ 나 줄 서는 거 싫어해요.
na/jul/so*.neun/go*/si.ro*.he*.yo
我討厭排隊。

Ⓑ 저도요. 그건 시간 낭비예요.
jo*.do.yo//geu.go*n/si.gan/nang.bi.ye.yo
我也是,那是浪費時間。

會話二

Ⓐ 내가 제일 싫어하는 음식은 피망이야.
ne*.ga/je.il/si.ro*.ha.neun/eum.si.geun/pi.
mang.i.ya
我最討厭的食物是青椒。

Ⓑ 저도요. 저도 피망을 안 먹어요.
jo*.do.yo//jo*.do/pi.mang.eul/an/mo*.go*.yo
我也是,我也不吃青椒。

生詞

싫어하다→討厭、不喜歡、嫌棄	
si.ro*.ha.da	
낭비→浪費	
nang.bi	
음식→食物、飲食	
eum.sik	
피망→青椒、甜椒	
pi.mang	

상관 없어요.

sang.gwan/o*p.sso*.yo

無所謂、沒關係

會話一

Ⓐ 우리 어디서 회식을 할까요?
u.ri/o*.di.so*/hwe.si.geul/hal.ga.yo
我們要在哪裡聚餐？

Ⓑ 저는 상관없어요. 어디든 다 좋아요.
jo*.neun/sang.gwa.no*p.sso*.yo//o*.di.deun/
da/jo.a.yo
我都無所謂，那裡都好。

會話二

Ⓐ 형, 수학 좀 가르쳐 줄 수 있을까요?
hyo*ng//su.hak/jom/ga.reu.cho*/jul/su/i.sseul.
ga.yo
哥，可以教我數學嗎？

Ⓐ 언제든지 상관없어요.
o*n.je.deun.ji/sang.gwa.no*p.sso*.yo
什麼時候都無所謂。

Ⓑ 알았어. 난 주말에 시간 있어.
a.ra.sso*//nan/ju.ma.re/si.gan/i.sso*
知道了，我周末有時間。

例句

例 죄송하지만 이 일은 저랑 아무 상관이
없습니다.
jwe.song.ha.ji.man/i/i.reun/jo*.rang/a.mu/sang.
gwa.ni/o*p.sseum.ni.da
對不起，這件事跟我沒有任何關係。

生 詞

회식→聚餐、聚會	
hwe.sik	
수학→數學	
su.hak	
언제→什麼時候、何時	
o*n.je	
아무→任何	
a.mu	
어디든→無論哪裡	
o*.di.deun	
가르치다→教導、教授	
ga.reu.chi.da	
주말→周末	
ju.mal	
시간이 있다→有時間	
si.ga.ni/it.da	

틀림 없어요.

teul.lim/o*p.sso*.yo

沒錯、正確無誤

會話

Ⓐ 그 사람이 내 동생인 건 확실해요?
geu/sa.ra.mi/ne*/dong.se*ng.in/go*n/hwak.
ssil.he*.yo
你確定那個人是我的弟弟嗎?

Ⓑ 네, 틀림 없습니다.
ne//teul.lim/o*p.sseum.ni.da
對,沒錯!

例句

例 제 눈으로 똑똑히 봤어요. 틀림 없어요.
je/nu.neu.ro/dok.do.ki/bwa.sso*.yo//teul.lim/o*
p.sso*.yo
我清清楚楚看到的,沒有錯!

生詞

동생→弟弟、妹妹	
dong.se*ng	
확실하다→確實、確切	
hwak.ssil.ha.da	
눈→眼睛	
nun	
똑똑히→清楚地、明確	
dok.do.ki	
보다→看、觀看	
bo.da	

말씀대로 하겠습니다.

mal.sseum.de*.ro/ha.get.sseum.ni.da

會按照說的去做

會話一

Ⓐ 회의가 끝나면 바로 나한테 찾아 와요.
hwe.ui.ga/geun.na.myo*n/ba.ro/na.han.te/cha.
ja/wa.yo
會議結束後馬上來找我。

Ⓑ 네, 말씀대로 하겠습니다.
ne//mal.sseum.de*.ro/ha.get.sseum.ni.da
好的，我會按照您說的去做。

會話二

Ⓐ 그럼 이제 내 말대로 해 주세요.
geu.ro*m/i.je/ne*/mal.de*.ro/he*/ju.se.yo
那現在請按照我說的去做。

Ⓑ 좋아. 당신 말대로 할게요.
jo.a//dang.sin/mal.de*.ro/hal.ge.yo
好的，我會按照你說的去做。

例句

例 선생님이 하신 말씀대로 하겠습니다.
so*n.se*ng.ni.mi/ha.sin/mal.sseum.de*.ro/ha.
get.sseum.ni.da
我會按照老師說的做。

生詞

회의→會議、開會
hwe.ui

끝나다→結束

geun.na.da

찾다→找、找尋

chat.da

말씀→話（말的敬語）

mal.sseum

선생님→老師、師傅

so*n.se*ng.nim

바로→馬上、立刻

ba.ro

그럼→那麼

geu.ro*m

이제→現在起

i.je

請託、命令

좀 도와 주시겠습니까?
可以幫忙嗎?

도와 주세요.

do.wa/ju.se.yo

請幫忙！

會話一

Ⓐ 선규 씨, 지금 시간이 괜찮으면 나 좀
도와 주세요.

so*n.gyu/ssi//ji.geum/si.ga.ni//gwe*n.cha.neu.
myo*n/na/jom/do.wa/ju.se.yo

善圭，如果你現在方便，請你幫幫我。

Ⓑ 죄송해요. 지금 좀 곤란합니다.

jwe.song.he*.yo//ji.geum/jom/gol.lan.ham.ni.
da

對不起，現在有些困難。

會話二

Ⓐ 안 바쁘면 와서 좀 도와 줘요.

an/ba.beu.myo*n/wa.so*/jom/do.wa/jwo.yo

你不忙的話，過來幫個忙。

Ⓑ 지금 좀 바빠요.

ji.geum/jom/ba.ba.yo

我現在有點忙。

Ⓑ 이따가 도와 줄게요.

i.da.ga/do.wa/jul.ge.yo

我等一下幫你。

例句

例 도와 줄 수 있어요?

do.wa/jul/su/i.sso*.yo

你可以幫我嗎？

例 제가 도움 드릴게요.

je.ga/do.um/deu.ril.ge.yo

我來幫忙。

生詞

곤란하다→困難	
gol.lan.ha.da	
바쁘다→忙、繁忙	
ba.beu.da	
이따가→待會、等一會	
i.da.ga	
도움→幫助、幫忙	
do.um	
죄송하다→對不起、抱歉	
jwe.song.ha.da	
좀→有點、一點、稍微	
jom	
드리다→給（주다的敬語）	
deu.ri.da	

부탁해요.

bu.ta.ke*.yo

拜託了

會話

A 미애 씨, 이거 열 장 복사해 주세요.
mi.e*/ssi//i.go*/yo*l/jang/bok.ssa.he*/ju.se.yo
美愛，這個幫我影印十張。

A 잘 부탁해요.
jal/bu.ta.ke*.yo
拜託你了。

B 네, 알겠습니다.
ne//al.get.sseum.ni.da
好，我知道了。

例句

例 앞으로 잘 부탁드립니다.
a.peu.ro/jal/bu.tak.deu.rim.ni.da
以後請您多多關照。

例 정말 미안하지만 한 번만 부탁해요.
jo*ng.mal/mi.an.ha.ji.man/han/bo*n.man/bu.ta.ke*.yo
真的很抱歉，再麻煩您一次就好。

生詞

장→張（紙張的數量單位）
jang
복사하다→複印、影印
bok.ssa.ha.da
앞으로→以後、往後、將來
a.peu.ro

잊지 마세요.

it.jji/ma.se.yo

別忘了

會話

Ⓐ 우리의 약속은 잊지 마. 알지?
u.ri.ui/yak.sso.geun/it.jji/ma//al.jji
別忘了我們的約定，知道嗎？

Ⓑ 그래, 안 잊을게.
geu.re*//an/i.jeul.ge
好，我不會忘記的。

例句

例 나를 절대 잊지 말아요.
na.reul/jjo*l.de*/it.jji/ma.ra.yo
絕對別忘了我。

例 절대 잊지 않겠습니다.
jo*l.de*/it.jji/an.ket.sseum.ni.da
我絕對不會忘記的。

例 이 중요한 걸 잊으면 안 돼요.
i/jung.yo.han/go*l/i.jeu.myo*n/an/dwe*.yo
這個重要的事不可以忘記。

生詞

약속→約定、約好	
yak.ssok	
잊다→忘記	
it.da	
중요하다→重要	
jung.yo.ha.da	
되다→可以、成	
dwe.da	

줄을 서세요.

ju.reul/sso*.se.yo

請排隊

會 話

Ⓐ 거기 두 분, 거기에 서 있지 마시고 이
리 와서 줄 서세요.

go*.gi/du/bun//go*.gi.e/so*/it.jji/ma.si.go/i.ri/
wa.so*/jul/so*.se.yo

那邊那兩位，別站在那裡，請過來這邊排隊。

Ⓑ 아, 죄송합니다.

a//jwe.song.ham.ni.da

啊！對不起。

例 句

例 자, 한 명씩 줄을 서세요.

ja//han/myo*ng.ssik/ju.reul/sso*.se.yo

來，請一個一個排好隊。

例 일찍 가면 줄을 설 필요는 없어요.

il.jjik/ga.myo*n/ju.reul/sso*l/pi.ryo.neun/o*p.
sso*.yo

早點去的話，就不需要排隊。

例 매표소 앞에서 줄을 서 주시기 바랍니
다.

me*.pyo.so/a.pe.so*/ju.reul/sso*.ju.si.gi/ba.ram.
ni.da

請大家在售票口前排隊。

生 詞

씩→每、每…平均
----
ssik

일찍→提早、早點

il.jjik

매표소→售票處、售票口

me*.pyo.so

앞→面前、前方

ap

거기→那邊、那裡

go*.gi

두 분→兩位、兩個人

du/bun

서다→站著、站立

so*.da

필요없다→不需要

pi.ryo.o*p.da

이리 와 보세요.

i.ri/wa/bo.se.yo

過來、過來看看吧

會話

Ⓐ 언니, 이리 와 봐요.
o*n.ni//i.ri/wa/bwa.yo
姊,你過來看看。

Ⓐ 보여 줄 게 있어요.
bo.yo*/jul/ge/i.sso*.yo
我有東西要給你看。

Ⓑ 뭔데?
mwon.de
是什麼？

例句

例 이리 와 봐. 사탕 줄게.
i.ri/wa/bwa//sa.tang/jul.ge
你過來，我給你糖果。

例 민지 씨, 이리 와 보세요. 얼른요!
min.ji/ssi//i.ri/wa/bo.se.yo//o*l.leun.nyo!
旼志，你過來這邊，快點！

生詞

이리→這邊、這裡	
i.ri	
보여 주다→給看、給人看…	
bo.yo*/ju.da	
사탕→糖果	
sa.tang	
얼른→趕快、快點	
o*l.leun	

이쪽으로 오세요.

i.jjo.geu.ro/o.se.yo

這邊請、請到這邊來

會 話

Ⓐ 실례하지만 출구가 어디입니까?
sil.lye.ha.ji.man/chul.gu.ga/o*.di.im.ni.ga
不好意思,請問出口在哪裡?

Ⓑ 이쪽으로 오세요.
i.jjo.geu.ro/o.se.yo
這邊請。

Ⓑ 출구는 이쪽이에요.
chul.gu.neun/i.jjo.gi.e.yo
出口在這邊。

例 句

例 이쪽으로 오세요. 안내해 드리겠습니다.
i.jjo.geu.ro/o.se.yo//an.ne*.he*/deu.ri.get.
sseum.ni.da
請到這邊來,我帶您參觀。

例 이쪽으로 와. 재미있는 거 보여 줄게.
i.jjo.geu.ro/wa//je*.mi.in.neun/go*/bo.yo*/jul.
ge
你過來這邊,我給你看有趣的東西。

生 詞

실례하다→失禮、不禮貌、打擾了
sil.lye.ha.da

출구→出口
chul.gu

소리 좀 낮추세요.

so.ri/jom/nat.chu.se.yo

小聲一點、請降低音量

會 話

A 티비 소리 좀 낮춰.
ti.bi/so.ri/jom/nat.chwo
電視音量關小一點。

A 아이가 자고 있잖아.
a.i.ga/ja.go/it.jja.na
孩子在睡覺。

B 알았어. 미안.
a.ra.sso*//mi.an
知道了,抱歉。

例 句

例 여기는 도서관이에요. 소리 좀 낮추세요.
yo*.gi.neun/do.so*.gwa.ni.e.yo//so.ri/jom/nat.chu.se.yo
這裡是圖書館,請小聲一點。

例 소리 좀 줄이세요.
so.ri/jom/ju.ri.se.yo
請降低音量。

例 TV 소리를 크게 들어 주세요.
tv/so.ri.reul/keu.ge/teu.ro*/ju.se.yo
請幫我把電視聲音轉大聲一點。

生 詞

낮추다→降低、壓低、放低

nat.chu.da

아이→小孩、孩子	
a.i	
도서관→圖書館	
do.so*.gwan	
줄이다→減少、降低、減低	
ju.ri.da	
틀다→轉、開（電視、收音機、電器）	
teul.da	
소리→聲音	
so.ri	
자다→睡覺	
ja.da	
여기→這裡、這邊	
yo*.gi	
크게→大大地、大一點（副詞）	
keu.ge	

조금만 더요.

jo.geum.man/do*.yo

再來一點、再給一點

會話

Ⓐ 아주머니, 오뎅 국물 좀 주세요.

a.ju.mo*.ni//o.deng/gung.mul/jom/ju.se.yo

阿姨，請給我一點黑輪湯。

Ⓑ 예.

ye

好的。

Ⓐ 국물 조금만 더요.

gung.mul/jo.geum.man/do*.yo

湯再給我一點。

Ⓐ 고맙습니다. 잘 먹었습니다.

go.map.sseum.ni.da//jal/mo*.go*t.sseum.ni.da

謝謝，我吃飽了。

例句

例 김치를 조금만 더 주세요.

gim.chi.reul/jjo.geum.man/do*/ju.se.yo

請再給我一點泡菜。

例 생강 조금만 더요.

se*ng.gang/jo.geum.man/do*.yo

生薑再放一點。

生詞

오뎅→黑輪、魚板、關東煮	
o.deng	
국물→湯水、湯頭	
gung.mul	

빨리요!

bal.li.yo

快點!

會話

A 아저씨, 인천공항에 가 주세요.
a.jo*.ssi//in.cho*n.gong.hang.e/ga/ju.se.yo
大叔,我要去仁川機場。

A 저 늦었어요. 빨리요.
jo*/neu.jo*.sso*.yo//bal.li.yo
我遲到了,請快點!

B 네, 알겠습니다.
ne//al.get.sseum.ni.da
好,我知道了。

例句

例 제발 빨리요. 급하다고요!
je.bal/bal.li.yo//geu.pa.da.go.yo
拜託快一點!我很急!

例 빨리 와 주세요. 빨리요!
bal.li/wa/ju.se.yo//bal.li.yo
你快點過來,快點!

生詞

공항→機場	
gong.hang	
늦다→遲、晚	
neut.da	
제발→千萬、拜託	
je.bal	

돌려 줘요.

dol.lyo*/jwo.yo

還給我

會話

Ⓐ 만화책을 빨리 돌려 줘요.
man.hwa.che*.geul/bal.li/dol.lyo*/jwo.yo
快把漫畫還給我。

Ⓑ 아직 다 안 읽었어요.
a.jik/da/an/il.go*.sso*.yo
我還沒全部看完。

Ⓑ 내일 돌려 주면 안 돼요?
ne*.il/dol.lyo*/ju.myo*n/an/dwe*.yo
明天再還你不行嗎？

例句

例 아빠, 친구가 내 전자사전을 안 돌려 줘요.
a.ba//chin.gu.ga/ne*/jo*n.ja.sa.jo*.neul/an/dol.lyo*/jwo.yo
爸，朋友不把我的電子辭典還我。

例 언제 돌려 줄 거예요?
o*n.je/dol.lyo*/jul/go*.ye.yo
你什麼時候要還？

生詞

만화책→漫畫書	
man.hwa.che*k	
다→全部、都	
da	

지금 당장!

ji.geum/dang.jang

馬上、立刻！

會話

Ⓐ 지금 당장 언니한테 사과해!
ji.geum/dang.jang/o*n.ni.han.te/sa.gwa.he*
你現在馬上跟姊姊道歉！

Ⓑ 내가 왜?
ne*.ga/we*
為什麼？

Ⓑ 난 아무 잘못이 없는데.
nan/a.mu/jal.mo.si/o*m.neun.de
我又沒有錯！

例句

例 지금 당장 해결해 주세요.
ji.geum/dang.jang/he*.gyo*l.he*/ju.se.yo
請你現在馬上解決！

例 지금 당장 시작합시다.
ji.geum/dang.jang/si.ja.kap.ssi.da
我們現在馬上開始吧。

生詞

사과하다→道歉	
sa.gwa.ha.da	
아무→任何的	
a.mu	
잘못→錯誤	
jal.mot	
해결하다→解決	
he*.gyo*l.ha.da	

9 請託、命令

조심해!

jo.sim.he*

小心、注意一點

會話

Ⓐ 와, 돌솥비빔밥이다. 맛있겠다.

wa//dol.sot.bi.bim.ba.bi.da//ma.sit.get.da

哇！是石鍋拌飯。看起來很好吃。

Ⓑ 조심해. 돌솥이 뜨거우니까.

jo.sim.he*//dol.so.chi/deu.go*.u.ni.ga

小心一點，石鍋還很燙。

例句

例 감기를 조심하세요.

gam.gi.reul/jjo.sim.ha.se.yo

小心感冒。

例 조심해. 여자 혼자서 밤길을 걷는 건 위험해.

jo.sim.he*//yo*.ja/hon.ja.so*/bam.gi.reul/go*n.neun/go*n/wi.ho*m.he*

小心一點！女生獨自走夜路很危險。

生詞

돌솥→石鍋	
dol.sot	
비빔밥→拌飯	
bi.bim.bap	
뜨겁다→燙、灼熱	
deu.go*p.da	

Part 10

建議、安慰

그만 두는 게 좋을 것 같아.
還是算了吧！

망설이지 마.

mang.so*.ri.ji/ma

別猶豫

會 話

Ⓐ 어느 걸 선택해야 할지 모르겠네.
o*.neu/go*l/so*n.te*.ke*.ya/hal.jji/mo.reu.gen.
ne
不知道要選那一個耶！

Ⓑ 망설이지 마. 빨리 결정해.
mang.so*.ri.ji/ma//bal.li/gyo*l.jo*ng.he*
別猶豫了，快點決定。

例 句

例 시간이 없습니다. 더 이상 망설이지 마
세요.
si.ga.ni/o*p.sseum.ni.da//do*/i.sang/mang.so*.
ri.ji/ma.se.yo
沒時間了，不要再猶豫了。

例 망설이지 마시고 지금 바로 시행하세요!
mang.so*.ri.ji/ma.si.go/ji.geum/ba.ro/si.he*ng.
ha.se.yo
請您別猶豫了，現在立刻去執行！

生 詞

선택하다→選擇、選
so*n.te*.ka.da

빨리→快點
bal.li

결정하다→決定、拿定
gyo*l.jo*ng.ha.da

그만 둬요.

geu.man/dwo.yo

算了吧、住手、放棄吧

會話

Ⓐ 이젠 그만 둬.

i.jen/geu.man/dwo

住手吧！

Ⓐ 이런 경쟁은 아무 의미도 없잖아.

i.ro*n/gyo*ng.je*ng.eun/a.mu/ui.mi.do/o*p.jja.
na

這種競爭一點意義也沒有。

Ⓑ 안 돼. 난 포기할 수 없어.

an/dwe*//nan/po.gi.hal/ssu/o*p.sso*

不行，我不能放棄。

例句

例 누가 뭐라 그래도 나 여기서 그만 못 돼.

nu.ga/mwo.ra/geu.re*.do/na/yo*.gi.so*/geu.
man/mot/dwo

不管誰說什麼，我都不能在這裡放棄。

例 이미 늦었어. 이쯤에서 그만 두자.

i.mi/neu.jo*.sso*//i.jjeu.me.so*/geu.man/du.ja

太晚了，我們就此為止吧。

例 그만 둬요. 복수한다고 좋을 거 없습
니다.

geu.man/dwo.yo//bok.ssu.han.da.go/jo.eul/go*/
o*p.sseum.ni.da

算了吧！報仇也沒有好處嘛！

生詞

경쟁→競爭、競賽

gyo*ng.je*ng

의미→意義、含意

ui.mi

포기하다→放棄

po.gi.ha.da

이미→已經

i.mi

이쯤→這個程度

i.jjeum

없다→沒有

o*p.da

안 되다→不行

an/dwe.da

늦다→晚、遲

neut.da

복수하다→復仇、報仇

bok.ssu.ha.da

좀 참으세요.

jom/cha.meu.se.yo

忍忍吧、忍耐一下吧

會話

Ⓐ 부장님이 너무 싫어요.

bu.jang.ni.mi/no*.mu/si.ro*.yo

我好討厭部長。

Ⓐ 정말 사표를 던져 버리고 싶어요.

jo*ng.mal/ssa.pyo.reul/do*n.jo*/bo*.ri.go/si.
po*.yo

真的想把辭呈丟過去。

Ⓑ 좀 참으세요.

jom/cha.meu.se.yo

忍忍吧。

Ⓑ 다시 좋은 일자리 찾기가 어렵잖아요.

da.si/jo.eun/il.ja.ri/chat.gi.ga/o*.ryo*p.jja.na.
yo

要再找到好工作不容易。

例句

例 이런 작은 일로 싸우지 마세요. 좀 참
으세요.

i.ro*n/ja.geun/il.lo/ssa.u.ji/ma.se.yo//jom/cha.
meu.se.yo

不要為了這種小事吵架，忍忍吧。

例 조금만 참아. 거의 다 끝났어.

jo.geum.man/cha.ma//go*.ui/da/geun.na.sso*

再忍一會，快要結束了。

生詞

부장님→部長

bu.jang.nim

던지다→扔、投、丟

do*n.ji.da

일자리→工作

il.ja.ri

싸우다→吵架、打架

ssa.u.da

거의→幾乎、快要

go*.ui

싫다→討厭、厭惡

sil.ta

사표→辭呈

sa.pyo

어렵다→困難、難

o*.ryo*p.da

작다→小

jak.da

천천히 하세요.

cho*n.cho*n.hi/ha.se.yo

慢慢來

會話

A 예쁘게 포장해 드리겠습니다.
ye.beu.ge/po.jang.he*/deu.ri.get.sseum.ni.da
我會幫您包裝得很漂亮。

A 십분정도 기다려 주실 수 있습니까?
sip.bun.jo*ng.do/gi.da.ryo*/ju.sil/su/it.sseum.
ni.ga
可以請您稍等十分鐘左右嗎?

B 괜찮아요. 천천히 하세요.
gwe*n.cha.na.yo//cho*n.cho*n.hi/ha.se.yo
沒關係,您慢慢來。

B 좀 이따 다시 올게요.
jom/i.da/da.si/ol.ge.yo
我等一下再過來。

例句

例 안 급하니까 천천히 해요.
an/geu.pa.ni.ga/cho*n.cho*n.hi/he*.yo
我不急,你慢慢來。

例 천천히 해도 됩니다.
cho*n.cho*n.hi/he*.do/dwem.ni.da
你可以慢慢來。

生詞

예쁘다→漂亮、美、美麗

ye.beu.da

10 建議、安慰

포장하다→包裝、打包
po.jang.ha.da
정도→程度、大約…左右
jo*ng.do
급하다→緊急、急迫
geu.pa.da
십분→十分鐘
sip.bun
기다리다→等待
gi.da.ri.da
천천히→慢慢地
cho*n.cho*n.hi
이따→等一會、待會
i.da

낙심하지 말아요.

nak.ssim.ha.ji/ma.ra.yo

別灰心

會 話

Ⓐ 계속 일자리를 구할 수 없어서 속상해요.

gye.sok/il.ja.ri.reul/gu.hal/ssu/o*p.sso*.so*/sok.ssang.he*.yo

一直找不到工作，很難過。

Ⓑ 너무 낙심하지 말아요. 천천히 해요.

no*.mu/nak.ssim.ha.ji/ma.ra.yo//cho*n.cho*n.hi/he*.yo

不要灰心，慢慢來。

例 句

例 오빠, 기운을 내. 낙심하지 마.

o.ba*/gi.u.neul/ne*//nak.ssim.ha.ji/ma

哥，振作起來，別灰心了。

例 또 실패해도 낙심하지 않았으면 좋겠다.

do/sil.pe*.he*.do/nak.ssim.ha.ji/a.na.sseu.myo*n/jo.ket.da

即使又失敗了，也希望你不要灰心。

生 詞

계속→一直、繼續、不斷
gye.sok
일자리→工作
il.ja.ri
구하다→求得、取得
gu.ha.da

속상하다→心痛、傷心

sok.ssang.ha.da

천천히→慢慢地

cho*n.cho*n.hi

기운을 내다→振作起來、打起精神

gi.u.neul/ne*.da

너무→過分、太

no*.mu

오빠→哥哥（妹妹稱呼哥哥時）

o.ba

실패하다→失敗

sil.pe*.ha.da

겁먹지 말아요.

go*m.mo*k.jji/ma.ra.yo

別害怕

會話

Ⓐ 혜진아, 겁먹지 마. 내가 있잖아!
hye.ji.na//go*m.mo*k.jji/ma//ne*.ga/it.jja.na
惠軫，別害怕，有我在！

Ⓑ 난 너무 무서워. 그냥 집에 가자.
nan/no*.mu/mu.so*.wo//geu.nyang/ji.be/ga.ja
我很害怕，我們回家吧。

例句

例 우리는 겁먹지 않는다.
u.ri.neun/go*m.mo*k.jji/an.neun.da
我們不害怕。

例 겁먹지 말아요. 나는 귀신이 아니에요.
go*m.mo*k.jji/ma.ra.yo//na.neun/gwi.si.ni/a.
ni.e.yo
別害怕，我不是鬼。

生詞

너무→過分、太	
no*.mu	
무섭다→可怕、害怕	
mu.so*p.da	
귀신→鬼、鬼怪	
gwi.sin	

긴장하지 마세요.

gin.jang.ha.ji/ma.se.yo

別緊張

會話

A 다음은 제 차례예요.

da.eu.meun/je/cha.rye.ye.yo

下一個換我了。

A 너무 떨려요! 어떡해요?

no*.mu/do*l.lyo*.yo//o*.do*.ke*.yo

一直發抖，怎麼辦？

B 긴장하지 마. 넌 잘 할 수 있어.

gin.jang.ha.ji/ma//no*n/jal.hal/ssu/i.sso*

別緊張，你一定會成功的！

例句

例 면접 때 너무 긴장했어요.

myo*n.jo*p/de*/no*.mu/gin.jang.he*.sso*.yo

面試時，太緊張了。

例 너무 긴장하지 않으셔도 됩니다.

no*.mu/gin.jang.ha.ji/a.neu.syo*.do/dwem.ni.da

您不需要太緊張。

生詞

다음→下面、下次、下一	
da.eum	
차례→次序、順序	
cha.rye	
떨리다→發抖	
do*l.li.da	

걱정하지 마세요.

go*k.jjo*ng.ha.ji/ma.se.yo

別擔心

會話一

A 걱정하지 마세요. 다 잘 될 겁니다.
go*k.jjo*ng.ha.ji/ma.se.yo//da/jal/dwel/go*m.
ni.da
別擔心，一切都會好的。

B 아니, 어떻게 걱정을 안 해?
a.ni//o*.do*.ke/go*k.jjo*ng.eul/an/he*
不，這怎麼能不擔心？

會話二

A 이젠 내가 네 옆에 있으니까 아무 걱
정하지 마.
i.jen/ne*.ga/ni/yo*.pe/i.sseu.ni.ga/a.mu/go*k.
jjo*ng.ha.ji/ma
現在我在你的身邊，你什麼都不用擔心。

A 무서울 거 하나도 없어.
mu.so*.ul/go*/ha.na.do/o*p.sso*
沒什麼好怕的。

B 고마워. 오빠.
go.ma.wo//o.ba
謝謝，哥哥。

例句

例 좀 쉬면 나을 것 같으니까 걱정하지
마세요.
jom/swi.myo*n/na.eul/go*t/ga.teu.ni.ga/go*k.
jjo*ng.ha.ji/ma.se.yo
休息一下應該就會好了，您別擔心。

例 너무 염려하지 마세요.

no*.mu/yo*m.nyo*.ha.ji/ma.se.yo

您別擔心了。

例 걱정할 게 뭐가 있어?

go*k.jjo*ng.hal/ge/mwo.ga/i.sso*

有什麼好擔心的？

生詞

잘 되다→好、行、順利成功
jal/dwe.da
아무→任何
a.mu
무섭다→可怕、害怕、恐懼
mu.so*p.da
낫다→好、痊癒
nat.da
염려하다→惦記、擔心、牽掛
yo*m.nyo*.ha.da

진정하세요!

jin.jo*ng.ha.se.yo

請冷靜、鎮靜下來

會話

Ⓐ 우리 아이가 없어졌어요!

u.ri/a.i.ga/o*p.sso*.jo*.sso*.yo

我的孩子不見了。

Ⓐ 도와 주세요. 제발 제 아이를 좀 찾아 주세요.

do.wa/ju.se.yo//je.bal/jje/a.i.reul/jjom/cha.ja/ju.se.yo

請幫幫忙。拜託請幫我找找我的孩子。

Ⓑ 어머님, 진정하세요!

o*.mo*.nim//jin.jo*ng.ha.se.yo

母親，請您冷靜一點！

Ⓑ 먼저 아이의 옷차림하고 신체특징 등을 알려 주세요.

mo*n.jo*/a.i.ui/ot.cha.rim.ha.go/sin.che.teuk.jjing/deung.eul/al.lyo*/ju.se.yo

請先告訴我孩子的穿著打扮和身材特徵。

例句

例 진정하세요. 저희들에게 맡기시고 일단 진정하세요.

jin.jo*ng.ha.se.yo//jo*.hi.deu.re.ge/mat.gi.si.go/il.dan/jin.jo*ng.ha.se.yo

請鎮靜！事情交給我們負責，您先冷靜一下。

生詞

아이 →小孩	
a.i	
없어지다 →不見、消失	
o*p.sso*.ji.da	
옷차림 →穿著、穿戴	
ot.cha.rim	
신체 →身材	
sin.che	
특징 →特徵	
teuk.jjing	
맡기다 →交給、交由	
mat.gi.da	
일단 →一旦、先	
il.dan	

정신 좀 차려요!

jo*ng.sin/jom/cha.ryo*.yo

打起精神來、振作起來、快點清醒！

會話

Ⓐ 아, 너무 졸려.
a//no*.mu/jol.lyo*
啊～好想睡！

Ⓑ 정신 좀 차려요! 이따가 운전해야 돼요.
jo*ng.sin/jom/cha.ryo*.yo//i.da.ga/un.jo*n.
he*.ya/dwe*.yo
打起精神來，你等一下要開車。

Ⓐ 알았어. 커피 좀 사 올게.
a.ra.sso*//ko*.pi/jom/sa/ol.ge
知道了，我去買杯咖啡。

例句

例 정신 똑바로 차려! 그 놈을 믿지 마.
jo*ng.sin/dok.ba.ro/cha.ryo*//geu/no.meul/mit.
jji/ma
你清醒一點！別相信那個傢伙。

例 제발 부탁인데 정신 좀 차려 봐.
je.bal/bu.ta.gin.de/jo*ng.sin/jom/cha.ryo*/bwa
拜託你了，求你振作起來吧。

生詞

졸리다→犯困、瞌睡	
jol.li.da	
정신을 차리다→振作精神、清醒	
jo*ng.si.neul/cha.ri.da	

⑩ 建議、安慰

2
2
8

아무것도 아니에요.

a.mu.go*t.do/a.ni.e.yo

沒什麼、沒事

會話一

Ⓐ 뭐 기분 안 좋은 일이 있어요?
mwo/gi.bun/an/jo.eun/i.ri/i.sso*.yo
你有什麼不開心的事嗎？

Ⓑ 아무것도 아니에요.
a.mu.go*t.do/a.ni.e.yo
沒事。

會話二

Ⓐ 표정이 왜 그래?
pyo.jo*ng.i/we*/geu.re*
你臉色怎麼那樣？

Ⓐ 무슨 고민이라도 있어?
mu.seun/go.mi.ni.ra.do/i.sso*
有什麼煩惱嗎？

Ⓑ 고민은 무슨, 아무것도 아니야.
go.mi.neun/mu.seun//a.mu.go*t.do/a.ni.ya
哪有什麼煩惱，沒事啦！

Ⓐ 아무것도 아니긴. 그러지 말고 말해 봐.
a.mu.go*t.do/a.ni.gin//geu.ro*.ji/mal.go/mal.
he*/bwa
最好是沒事！別這樣跟我說說吧。

例句

例 아무것도 아니에요. 신경 쓸 거 없어요.
a.mu.go*t.do/a.ni.e.yo//sin.gyo*ng/sseul/go*/
o*p.sso*.yo
沒什麼，你不用放在心上。

生詞

표정→表情、神色	
pyo.jo*ng	
고민→煩心事、煩惱	
go.min	
그렇다→那樣	
geu.ro*.ta	
신경을 쓰다→費神、操心、放在心上	
sin.gyo*ng.eul/sseu.da	
기분→心情	
gi.bun	
안 좋다→不好	
an/jo.ta	
일→事情	
il	
말해 보다→說看看	
mal.he*/bo.da	

무슨 일이 있어요?

mu.seun/i.ri/i.sso*.yo

怎麼了、有什麼事嗎?

會話

Ⓐ 왜 혼자 술을 마시고 있는 거야?

we*/hon.ja/su.reul/ma.si.go/in.neun/go*.ya

你為什麼一個人在喝酒?

Ⓐ 무슨 일이 있어?

mu.seun/i.ri/i.sso*

你有什麼事嗎?

Ⓑ 사실 여자친구랑 크게 싸웠어.

sa.sil/yo*.ja.chin.gu.rang/keu.ge/ssa.wo.sso*

其實我跟女朋友大吵一架。

例句

例 도대체 무슨 일이 있었나요?

do.de*.che/mu.seun/i.ri/i.sso*n.na.yo

到底發生了什麼事呢?

例 얼굴이 우울해 보이네요. 무슨 걱정이 있나요?

o*l.gu.ri/u.ul.he*/bo.i.ne.yo//mu.seun/go*k.
jjo*ng.i/in.na.yo

看起來很憂鬱呢!有什麼煩惱嗎?

例 왜 연락이 없는 건가요? 무슨 일이 생겼나요?

we*/yo*l.la.gi/o*m.neun/go*n.ga.yo//mu.seun/
i.ri/se*ng.gyo*n.na.yo

為什麼沒有連絡呢?是發生了什麼事嗎?

例 무슨 일 때문에 그래요?

mu.seun/il/de*.mu.ne/geu.re*.yo

為了什麼事情這樣呢？

生 詞

술→酒	
sul	
마시다→喝	
ma.si.da	
싸우다→吵架、打架	
ssa.u.da	
얼굴→臉、面孔	
o*l.gul	
우울하다→憂鬱、令人不快、心情沉悶	
u.ul.ha.da	
보이다→看起來、看得見	
bo.i.da	
생기다→產生、發生、出現	
se*ng.gi.da	

나를 믿어요.

na.reul/mi.do*.yo

相信我

會話

Ⓐ 날 믿어. 절대 널 실망시키지 않을게.

nal/mi.do*///jo*l.de*/no*l/sil.mang.si.ki.ji/a.neul.ge

相信我，我絕對不會讓你失望。

Ⓑ 안 돼. 널 못 믿겠어. 그냥 가라.

an/dwe*///no*l/mon.mit.ge.sso*///geu.nyang/ga.ra

不行，無法相信你，你還是走吧。

例 句

例 저를 믿고 기다려 주세요.

jo*.reul/mit.go/gi.da.ryo*/ju.se.yo

相信我，等我一段時間。

例 저는 잘할 자신이 있습니다. 믿어 주세요.

jo*.neun/jal.hal/jja.si.ni/it.sseum.ni.da//mi.do*/ju.se.yo

我有自信可以做好，請您相信我。

生 詞

절대→絕對、決	
jo*l.de*	
실망시키다→讓…失望、使人失望	
sil.mang.si.ki.da	
기다리다→等待、等候	
gi.da.ri.da	

파이팅!

pa.i.ting

加油！（口語會話中，也用화이팅）

會 話

Ⓐ 면접에서 떨어져도 너무 실망하지 마.

myo*n.jo*.be.so*/do*.ro*.jo*.do/no*.mu/sil.
mang.ha.ji/ma

就算面試沒上也不要太失望。

Ⓐ 너 자신을 믿어. 파이팅!

no*/ja.si.neul/mi.do*//pa.i.ting

相信你自己，加油！

Ⓑ 격려해 주서서 고맙습니다.

gyo*ng.nyo*.he*/ju.syo*.so*/go.map.sseum.ni.
da

謝謝您鼓勵我。

例 句

例 낙심하지 말고 용기를 내세요. 파이팅!

nak.ssim.ha.ji/mal.go/yong.gi.reul/ne*.se.yo//
pa.i.ting

不要灰心，拿出勇氣！加油！

例 같이 화이팅하자!

ga.chi/hwa.i.ting.ha.ja

大家一起加油吧！

生 詞

면접→面試
myo*n.jo*p
떨어지다→掉下、落下
do*.ro*.ji.da

자신→自己、自身	
ja.sin	
믿다→相信、信任	
mit.da	
격려하다→激勵、鼓勵、勉勵	
gyo*ng.nyo*.ha.da	
낙심하다→灰心、失望	
nak.ssim.ha.da	
용기를 내다→拿出勇氣	
yong.gi.reul/ne*.da	
고맙다→謝謝、感謝	
go.map.da	
같이→一起、一塊、一同	
ga.chi	

Part
11

驚嚇、突發事件

어머나! 세상에! 이게 웬일이니?
哎呀！天哪！這是怎麼啦？

뭐?

mwo

什麼？（對他人說的話感到驚訝時）

會話一

Ⓐ 어머니, 저는 집을 나가서 혼자 살고
싶어요.

o*.mo*.ni/jo*.neun/ji.beul/na.ga.so*/hon.ja/
sal.go/si.po*.yo

媽，我想搬出去自己住。

Ⓑ 뭐? 갑자기 그게 무슨 소리니?

mwo/gap.jja.gi/geu.ge/mu.seun/so.ri.ni

什麼？為什麼突然講那種話？

會話二

Ⓐ 중간고사 결과는 나왔니?

jung.gan.go.sa/gyo*l.gwa.neun/na.wan.ni

期中考結果出來了嗎？

Ⓑ 네, 나왔어요.

ne//na.wa.sso*.yo

出來了。

Ⓐ 성적이 잘 나왔니?

so*ng.jo*.gi/jal/na.wan.ni

成績好嗎？

Ⓑ 수학하고 국어를 망쳤어요.

su.ha.ka.go/gu.go*.reul/mang.cho*.sso*.yo

數學和國語考砸了。

Ⓐ 뭐? 내가 평소에 공부 좀 열심히 하라
고 했지?

mwo//ne*.ga/pyo*ng.so.e/gong.bu/jom/yo*l.
sim.hi/ha.ra.go/he*t.jji

什麼？我平時是不是有叫你好好念書？

生詞

살다→居住、活著	
sal.da	
갑자기→突然、忽然	
gap.jja.gi	
나오다→出來	
na.o.da	
망치다→搞砸、弄壞	
mang.chi.da	
열심히→認真地、用功地、積極地	
yo*l.sim.hi	
혼자→獨自、一個人	
hon.ja	
중간고사→期中考	
jung.gan.go.sa	
결과→結果	
gyo*l.gwa	
성적→成績	
so*ng.jo*k	
평소→平時	
pyo*ng.so	

세상에!

se.sang.e

天啊、天哪（對突然發生的意外事件，感到驚慌、驚訝時）

會話

Ⓐ 아이고, 세상에! 이게 무슨 일이니?
a.i.go//se.sang.e//i.ge/mu.seun/i.ri.ni
哎呀！天哪！這是什麼事啊？

Ⓑ 제가 다 알아서 할 테니 걱정하지 마세요.
je.ga/da/a.ra.so*/hal/te.ni/go*k.jjo*ng.ha.ji/ma.se.yo
我會想辦法處理的，您別擔心。

例句

例 세상에! 어떻게 이럴 수가 있는 거지?
se.sang.e//o*.do*.ke/i.ro*l/su.ga/in.neun/go*.ji
天哪！怎麼會這樣？

生詞

이게→這個（이것이的縮寫）
i.ge
무슨→什麼的
mu.seun
걱정하다→擔心
go*k.jjo*ng.ha.da

어머!

o*.mo*

媽呀、哎呀（主要是女性們對自己意料之外的事、或感到驚訝、害怕的事，所發出的聲音。）

會話

Ⓐ 어머! 이게 누구야? 민준이 아니니?
o*.mo*//i.ge/nu.gu.ya//min.ju.ni/a.ni.ni
哎呀！這是誰？這不是敏俊嗎？

Ⓐ 정말 오랜만이다. 잘 지냈어?
jo*ng.mal/o.re*n.ma.ni.da//jal/jji.ne*.sso*
真的好久不見，你過得好嗎？

Ⓑ 예, 안녕하세요. 정말 오랜만이에요.
ye//an.nyo*ng.ha.se.yo//jo*ng.mal/o.re*n.ma.ni.e.yo
很好，您好嗎？好久不見！

Ⓑ 아줌마도 건강하시죠?
a.jum.ma.do/go*n.gang.ha.si.jyo
阿姨也健康吧？

例句

例 어머! 저거 뭐야?
o*.mo*//jo*.go*/mwo.ya
媽呀！那是什麼？

例 어머, 지영아! 너 왜 여기 있니?
o*.mo*//ji.yo*ng.a//no*/we*/yo*.gi/in.ni
媽呀！智英，你怎麼在這裡？

生詞

지내다→過日子、過活	
ji.ne*.da	
아줌마→阿姨、大嬸	
a.jum.ma	
건강하다→健康	
go*n.gang.ha.da	
오랜만→好久、許久（오래간만的略語）	
o.re*n.man	
있다→在、處在	
it.da	
누구→誰	
nu.gu	
안녕하다→安好、平安、安寧	
an.nyo*ng.ha.da	
여기→這裡、這邊	
yo*.gi	

깜짝 놀랐어요.

gam.jjak/nol.la.sso*.yo

嚇我一跳！

會 話

Ⓐ 야~! 깜짝 놀랐잖아.
ya/gam.jjak/nol.lat.jja.na
喂！你嚇到我了。

Ⓑ 하하, 장난이야.
ha.ha//jang.na.ni.ya
哈哈，開玩笑的。

Ⓐ 다음부터 이런 장난 하지 마.
da.eum.bu.to*/i.ro*n/jang.nan/ha.ji.ma
下次不要開這種玩笑。

Ⓑ 알았어. 미안.
a.ra.sso*//mi.an
知道了，抱歉。

例 句

例 너 때문에 깜짝 놀랐잖아.
no*/de*.mu.ne/gam.jjak/nol.lat.jja.na
都是你，嚇到我了。

例 간 떨어질 뻔했어요.
gan/do*.ro*.jil/bo*n.he*.sso*.yo
我差點嚇死。

例 아이, 깜짝이야.
a.i//gam.jja.gi.ya
啊～我嚇到了！

生詞

장난→惡作劇、調皮、鬧著玩	
jang.nan	
간→肝	
gan	
떨어지다→掉下、掉落	
do*.ro*.ji.da	
깜짝→嚇一跳	
gam.jjak	
다음→下一、下面、下次	
da.eum	
알다→知道	
al.da	
너→你（非敬語用法）	
no*	

큰일 났어요!

keu.nil/na.sso*.yo

慘了、糟了、出大事了

會話

A 큰일 났어요! 어떡해요?
keu.nil/na.sso*.yo//o*.do*.ke*.yo
糟了，怎麼辦？

B 왜요?
we*.yo
怎麼了？

A 반지를 잃어 버렸어요.
ban.ji.reul/i.ro*/bo*.ryo*.sso*.yo
戒指不見了。

A 그건 내 결혼 반지인데.
geu.go*n/ne*/gyo*l.hon/ban.ji.in.de
那是我的結婚戒指。

例句

例 큰일 났어요! 불이 났어요!
keu.nil/na.sso*.yo//bu.ri/na.sso*.yo
出大事了！失火了！

例 큰일 났어! 누나가 교통사고를 당해서
입원했어.
keu.nil/na.sso*//nu.na.ga/gyo.tong.sa.go.reul/
dang.he*.so*/i.bwon.he*.sso*
出大事了！姊姊出車禍住院了。

生詞

어떡하다→**怎麼辦、怎麼做**
o*.do*.ka.da

반지 → 戒指
ban.ji

잃어버리다 → 弄丟、遺失
i.ro*.bo*.ri.da

불이 나다 → 起火、發生火災
bu.ri/na.da

교통사고 → 交通事故、車禍
gyo.tong.sa.go

당하다 → 遭遇、遭到、碰到
dang.ha.da

입원하다 → 住院、入院
i.bwon.ha.da

Part 12

聊天、溝通

할 말 있으면 그냥 말해.

有話就直說吧。

할 말이 있어요?

hal/ma.ri/i.sso*.yo

你有話要說嗎?

會 話

Ⓐ 나한테 뭐 할 말 있어요?
na.han.te/mwo/hal/mal/i.sso*.yo
你有話要對我說嗎?

Ⓑ 아니요, 없는데요.
a.ni.yo//o*m.neun.de.yo
不,沒有啊!

Ⓐ 할 말 없으면 그만 가요.
hal/mal/o*p.sseu.myo*n/geu.man/ga.yo
沒有就走吧。

例 句

例 저한테 할 말 없습니까?
jo*.han.te/hal/mal/o*p.sseum.ni.ga
你沒有話要對我說嗎?

例 할 말 다 했으면 그만 돌아가세요.
hal/mal/da/he*.sseu.myo*n/geu.man/do.ra.ga.
se.yo
如果話都說完了,就請回吧。

生 詞

말을 하다→開口、說話	
ma.reul/ha.da	
다→都、全部	
da	
돌아가다→回去、返回	
do.ra.ga.da	

계속 말해 봐요.

gye.sok/mal.he*/bwa.yo

你繼續說、你接著說

會話

Ⓐ 이제 잘 거지?

i.je/jal/go*.ji

你要睡了吧?

Ⓐ 피곤할 텐데 오늘은 그만 자고 내일
다시 얘기하자.

pi.gon.hal/ten.de/o.neu.reun/geu.man/ja.go/
ne*.il/da.si/ye*.gi.ha.ja

你應該累了,今天就先睡吧,明天再説。

Ⓑ 자는 거 아니야. 계속 말해 봐.

ja.neun/go*/a.ni.ya//gye.sok/mal.he*/bwa

我沒有要睡,你繼續説。

例句

例 계속 말해 봐요. 도대체 어떻게 된 거
예요?

gye.sok/mal.he*/bwa.yo//do.de*.che/o*.do*.
ke/dwen/go*.ye.yo

你繼續説,到底是怎麼一回事?

例 자세히 말해 봐요.

ja.se.hi/mal.he*/bwa.yo

你仔細説説。

生詞

자다→睡覺
ja.da

피곤하다→疲倦、疲勞、疲乏

pi.gon.ha.da

계속→繼續、連續、不斷

gye.sok

도대체→到底、究竟

do.de*.che

자세히→仔細地

ja.se.hi

오늘→今天

o.neul

그만→到此、就此、到此為止

geu.man

애기했잖아요.

ye*.gi.he*t.jja.na.yo

我說了嘛、不是說過了嗎？

會 話

A 너, 어디 갔었어?
no*//o*.di/ga.sso*.sso*
你去了哪裡？

B 애기했잖아. 친구 집에 간다고.
ye*.gi.he*t.jja.na//chin.gu/ji.be/gan.da.go
不是說過了嗎？說去朋友家。

A 못 들었어. 친구는 누구?
mot/deu.ro*.sso*//chin.gu.neun/nu.gu
沒聽到，朋友是誰？

例 句

例 내가 아까 애기했잖아요.
ne*.ga/a.ga/ye*.gi.he*t.jja.na.yo
我剛才說過了嘛！

例 제가 전에 말씀드렸잖아요.
je.ga/jo*.ne/mal.sseum.deu.ryo*t.jja.na.yo
我之前跟您提過了不是？

生 詞

애기하다→說、講	
ye*.gi.ha.da	
누구→誰、什麼人	
nu.gu	
아까→剛才、剛剛	
a.ga	
전→之前、以前	
jo*n	

사실대로 말하면…

sa.sil.de*.ro/mal.ha.myo*n

老實說、照實說

會話

A 방금 아저씨랑 식사할 때 왜 말 한마디도 안 했어?

bang.geum/a.jo*.ssi.rang/sik.ssa.hal/de*/we*/mal/han.ma.di.do/an/he*.sso*

剛才跟叔叔吃飯的時候，你為什麼一句話也不說？

B 사실대로 말하면 난 그 아저씨가 정말 싫어.

sa.sil.de*.ro/mal.ha.myo*n/nan/geu/a.jo*.ssi.ga/jo*ng.mal/ssi.ro*

老實說，我真的不喜歡那位叔叔。

A 그래서 말 한마디도 안 했구나.

geu.re*.so*/mal/han.ma.di.do/an/he*t.gu.na

所以你才一句話也不說啊！

例句

例 사실대로 말하면, 제가 숙제를 안 했어요.

sa.sil.de*.ro/mal.ha.myo*n//je.ga/suk.jje.reul/an/he*.sso*.yo

老實說，我沒寫作業。

例 솔직히 말하면, 나는 두려워요.

sol.jji.ki/mal.ha.myo*n//na.neun/du.ryo*.wo.yo

老實說，我很害怕。

生 詞

아저씨→叔叔、大叔
a.jo*.ssi

식사하다→用餐、吃飯
sik.ssa.ha.da

한마디→一句話、一言
han.ma.di

숙제를 하다→寫作業、做作業
suk.jje.reul/ha.da

솔직히→坦率地、直率地
sol.jji.ki

두렵다→害怕、畏懼
du.ryo*p.da

제 생각엔…

je/se*ng.ga.gen

我認為…、我覺得…

會話一

Ⓐ 고은 씨는 어떻게 생각해요?

go.eun/ssi.neun/o*.do*.ke/se*ng.ga.ke*.yo

高恩，你認為呢？

Ⓑ 제 생각엔 그건 올바른 결정이 아닙니다.

je/se*ng.ga.gen/geu.go*n/ol.ba.reun/gyo*l.jo*ng.i/a.nim.ni.da

我認為那不是個正確的決定。

會話二

Ⓐ 제 생각엔 실패할 가능성이 높습니다.

je/se*ng.ga.gen/sil.pe*.hal/ga.neung.so*ng.i/nop.sseum.ni.da

我覺得失敗的可能性很高。

Ⓑ 저도 그렇게 생각해요.

jo*.do/geu.ro*.ke/se*ng.ga.ke*.yo

我也那麼認為。

例 句

例 저는 그렇게 생각하지 않습니다.

jo*.neun/geu.ro*.ke/se*ng.ga.ka.ji/an.sseum.ni.da

我不那麼想。

例 그건 절대 좋은 생각이 아닙니다.

geu.go*n/jo*l.de*/jo.eun/se*ng.ga.gi/a.nim.ni.da

那絕對不是個好主意。

例 저도 찬성합니다.

jo*.do/chan.so*ng.ham.ni.da

我也贊成。

例 저는 반대합니다.

jo*.neun/ban.de*.ham.ni.da

我反對。

生 詞

올바르다→正確、對	
ol.ba.reu.da	
결정→決定	
gyo*l.jo*ng	
실패하다→失敗	
sil.pe*.ha.da	
높다→高、大	
nop.da	
생각하다→想、思考	
se*ng.ga.ka.da	
찬성하다→贊成、同意	
chan.so*ng.ha.da	
반대하다→反對	
ban.de*.ha.da	

질문 하나 해도 될까요?

jil.mun/ha.na/he*.do/dwel.ga.yo

我可以問個問題嗎？

會話一

Ⓐ 질문 하나 해도 될까요?
jil.mun/ha.na/he*.do/dwel.ga.yo
我可以問個問題嗎？

Ⓑ 네, 말씀하세요.
ne//mal.sseum.ha.se.yo
好的，請説。

會話二

Ⓐ 저 뭐 하나 여쭤봐도 돼요?
jo*/mwo/ha.na/yo*.jjwo.bwa.do/dwe*.yo
我可以問您一個問題嗎？

Ⓑ 뭔데요?
mwon.de.yo
什麼問題？

會話三

Ⓐ 또 다른 질문이 있습니까?
do/da.reun/jil.mu.ni/it.sseum.ni.ga
還有其他想問的嗎？

Ⓑ 없습니다.
o*p.sseum.ni.da
沒有了。

Ⓑ 친절히 대답해 주셔서 감사합니다.
chin.jo*l.hi/de*.da.pe*/ju.syo*.so*/gam.sa.ham.
ni.da
謝謝您親切地回答。

例 句

例 너에게 물어보고 싶은 게 있어.
no*.e.ge/mu.ro*.bo.go/si.peun/ge/i.sso*
我有事要問你。

例 더 이상 물어보지 마세요.
do*/i.sang/mu.ro*.bo.ji/ma.se.yo
請你不要再問了。

生 詞

질문→詢問、提問	
jil.mun	
말씀하다→講話、說（말하다的敬語）	
mal.sseum.ha.da	
여쭤보다→請教、詢問	
yo*.jjwo.bo.da	
친절히→親切地、熱情地	
chin.jo*l.hi	
대답하다→回答	
de*.da.pa.da	
물어보다→問看看、打聽	
mu.ro*.bo.da	

12 聊天、溝通

설명해 주시겠습니까?

so*l.myo*ng.he*/ju.si.get.sseum.ni.ga

可以為我說明嗎？

會 話

A 내용에 대해서 좀 설명해 주시겠습니까?
ne*.yong.e/de*.he*.so*/jom/so*l.myo*ng.he*/
ju.si.get.sseum.ni.ga
可以為我說明內容嗎？

B 물론이지요.
mul.lo.ni.ji.yo
當然可以。

例 句

例 좀 설명해 주실 수 있어요?
jom/so*l.myo*ng.he*/ju.sil/su/i.sso*.yo
可以幫我說明一下嗎？

例 좀 더 자세히 설명해 주세요.
jom/do*/ja.se.hi/so*l.myo*ng.he*/ju.se.yo
請您再仔細地說明。

例 다시 한 번 설명해 주시겠어요?
da.si/han/bo*n/so*l.myo*ng.he*/ju.si.ge.sso*.yo
您可以再說明一次嗎？

生 詞

내용→**內容**	
ne*.yong	
설명하다→**說明**	
so*l.myo*ng.ha.da	
자세히→**仔細地**	
ja.se.hi	

이해하지 못해요.

i.he*.ha.ji/mo.te*.yo

不明白、不懂、不理解

會話

A 아무도 나를 이해하지 못해요.
a.mu.do/na.reul/i.he*.ha.ji/mo.te*.yo
沒有人能理解我。

B 내가 너를 안다.
ne*.ga/no*.reul/an.da.
我懂你。

例句

例 당신은 내 마음을 이해하지 못해요.
dang.si.neun/ne*/ma.eu.meul/i.he*.ha.ji/mo.
te*.yo
你不懂我的心思。

例 당신을 사랑하지만 당신을 이해하지
못해요.
dang.si.neul/ssa.rang.ha.ji.man/dang.si.neul/i.
he*.ha.ji/mo.te*.yo
我愛你，但無法理解你。

例 이해하지 못하겠어요.
i.he*.ha.ji/mo.ta.ge.sso*.yo
我不能理解。

例 죄송하지만, 이해가 안 가요.
jwe.song.ha.ji.man//i.he*.ga/an/ga.yo
對不起，我不明白。

生 詞

아무도→沒有人、無人…（後接否定句）	
a.mu.do	
이해하다→理解、弄懂	
i.he*.ha.da	
알다→知道、懂、通曉	
al.da	
사랑하다→愛	
sa.rang.ha.da	
내→我的（나의的略語）	
ne*	
마음→心、心思	
ma.eum	
죄송하다→對不起、抱歉	
jwe.song.ha.da	

Part
13

疑問、詢問

뭐라고요? 다시 말해 줘요.

什麼？你再說一遍。

뭐라고요?

mwo.ra.go.yo

你說什麼？

會 話

Ⓐ 어머니, 저 결혼해요.
o*.mo*.ni//jo*/gyo*l.hon.he*.yo
媽，我要結婚了。

Ⓑ 뭐라고? 잘 안 들려.
mwo.ra.go//jal/an/deul.lyo*
什麼？我聽不清楚。

例 句

例 뭐요! 뭐라고요?
mwo.yo//mwo.ra.go.yo
什麼！你說什麼？

例 뭐라고? 너 미쳤어?
mwo.ra.go//no*/mi.cho*.sso*
什麼？你瘋了嗎？

例 뭐라고요? 방금 뭐라고 하셨어요?
mwo.ra.go.yo//bang.geum/mwo.ra.go/ha.syo*.
sso*.yo
什麼？剛才您說什麼？

生 詞

잘→好好地、很好地、擅長地	
jal	
들리다→聽見、聽到	
deul.li.da	
뭐→什麼（무엇的略語）	
mwo	

무슨 뜻이에요?

mu.seun/deu.si.e.yo

什麼意思？

會話

A 무슨 뜻이에요, 그거?

mu.seun/deu.si.e.yo//geu.go*

那是什麼意思？

B 너 정말 몰라서 묻는 거야?

no*/jo*ng.mal/mol.la.so*/mun.neun/go*.ya

你真的是不懂才問的？

B 아니면 알면서 일부러 묻는 거야?

a.ni.myo*n/al.myo*n.sso*/il.bu.ro*/mun.neun/
go*.ya

還是明知故問啊？

例句

例 이게 무슨 뜻이죠?

i.ge/mu.seun/deu.si.jyo

這是什麼意思？

例 잘 못 알아들었습니다.

jal/mo/da.ra.deu.ro*t.sseum.ni.da

我聽不太懂。

例 못 알아듣겠는데요.

mo/da.ra.deut.gen.neun.de.yo

我聽不懂。

例 무슨 뜻인지 잘 모르겠어요.

mu.seun/deu.sin.ji/jal/mo.reu.ge.sso*.yo

我不知道那是什麼意思。

生 詞

뜻→意思、意味	
deut	
모르다→不知道、不清楚、不懂	
mo.reu.da	
묻다→問	
mut.da	
알다→知道、明白	
al.da	
일부러→故意、特地	
il.bu.ro*	
못→無法、不能、沒能	
mot	

뭐 해요?

mwo/he*.yo

做什麼、幹嘛？

會話一

Ⓐ 지금 뭐 해요?
ji.geum/mwo/he*.yo
你在做什麼？

Ⓑ 게임을 하고 있어요.
ge.i.meul/ha.go/i.sso*.yo
我在玩遊戲。

會話二

Ⓐ 혜수 씨, 뭐 하세요?
hye.su/ssi//mwo/ha.se.yo
惠秀，你在做什麼？

Ⓑ 서류들을 정리하고 있어요.
so*.ryu.deu.reul/jjo*ng.ni.ha.go/i.sso*.yo
我在整理文件。

會話三

Ⓐ 주말에 뭐 할 거예요?
ju.ma.re/mwo/hal/go*.ye.yo
你周末要做什麼？

Ⓑ 등산을 갈 거예요.
deung.sa.neul/gal/go*.ye.yo
我要去爬山。

會話四

Ⓐ 어제 뭐 했어요?
o*.je/mwo/he*.sso*.yo
你昨天在做什麼？

B 집에서 청소했어요.

ji.be.so*/cho*ng.so.he*.sso*.yo

我在家裡打掃。

例 句

例 여기서 뭐 하세요?

yo*.gi.so*/mwo/ha.se.yo

你在這裡做什麼？

例 수요일에는 무엇을 하십니까?

su.yo.i.re.neun/mu.o*.seul/ha.sim.ni.ga

星期三您要做什麼？

生 詞

게임을 하다→**玩遊戲**	
ge.i.meul/ha.da	
서류→**文件、文書**	
so*.ryu	
정리하다→**整理**	
jo*ng.ni.ha.da	
등산→**爬山、登山**	
deung.san	
청소하다→**打掃、清掃**	
cho*ng.so.ha.da	
수요일→**星期三**	
su.yo.il	

어때요?

o*.de*.yo

如何、怎麼樣？

會話一

A 이 모자가 어때요?
i/mo.ja.ga/o*.de*.yo
這頂帽子怎麼樣？

B 괜찮네요. 옷하고 잘 어울려요.
gwe*n.chan.ne.yo//o.ta.go/jal/o*.ul.lyo*.yo
不錯耶！跟衣服很搭。

會話二

A 우리 언제 다 같이 소풍 가요.
u.ri/o*n.je/da/ga.chi/so.pung/ga.yo
我們什麼時候一起去郊遊吧。

B 좋아요! 내일 모레는 어때요?
jo.a.yo//ne*.il/mo.re.neun/o*.de*.yo
好啊！明後天怎麼樣？

會話三

A 그 여자는 어때요?
geu/yo*.ja.neun/o*.de*.yo
那女生如何？

B 예쁘고 날씬해요.
ye.beu.go/nal.ssin.he*.yo
很漂亮，身材又苗條。

B 근데 관심이 없어요.
geun.de/gwan.si.mi/o*p.sso*.yo
可是我沒興趣。

⑬
疑問、詢問

2
6
6

Ⓐ 왜요?
we*.yo
為什麼？

Ⓑ 나이가 나보다 3살 많거든요.
na.i.ga/na.bo.da/se.sal/man.ko*.deu.nyo
年紀比我大三歲。

會話四

Ⓐ 밖에 날씨가 어때요?
ba.ge/nal.ssi.ga/o*.de*.yo
外面天氣怎麼樣？

Ⓑ 많이 추워요. 비도 오고.
ma.ni/chu.wo.yo//bi.do/o.go
很冷，而且還下雨。

會話五

Ⓐ 오늘 시간 어때요?
o.neul/ssi.gan/o*.de*.yo
今天你有時間嗎？

Ⓐ 나랑 같이 영화 보러 갈래요?
na.rang/ga.chi/yo*ng.hwa/bo.ro*/gal.le*.yo
要不要跟我一起去看電影？

Ⓑ 미안해요. 오늘은 약속이 있어서 안 돼
요.
mi.an.he*.yo//o.neu.reun/yak.sso.gi/i.sso*.so*/
an/dwe*.yo
對不起，今天我有約不行。

Ⓑ 다음 주 월요일은 어때요?
da.eum/ju/wo.ryo.i.reun/o*.de*.yo
那下周一怎麼樣？

例句

例 신혼생활은 어때요?

sin.hon.se*ng.hwa.reun/o*.de*.yo

新婚生活怎麼樣啊？

例 당신 생각은 어때요?

dang.sin/se*ng.ga.geun/o*.de*.yo

你的想法如何？

例 이건 어떠세요? 마음에 드세요?

i.go*n/o*.do*.se.yo//ma.eu.me/deu.se.yo

這個如何？您喜歡嗎？

生詞

소풍→郊遊、兜風
so.pung
모레→後天
mo.re
날씬하다→苗條、纖細
nal.ssin.ha.da
관심이 없다→不感興趣、漠不關心
gwan.si.mi/o*p.da
나이→年齡、年紀、歲數
na.i
날씨→天氣
nal.ssi
생활→生活
se*ng.hwal

뭐예요?

mwo.ye.yo

是什麼？

會話一

Ⓐ 이것은 뭐예요?
i.go*.seun/mwo.ye.yo
這是什麼？

Ⓑ 카메라예요.
ka.me.ra.ye.yo
是相機。

會話二

Ⓐ 취미가 뭐예요?
chwi.mi.ga/mwo.ye.yo
你的興趣是什麼？

Ⓑ 저는 쇼핑하는 것을 좋아해요.
jo*.neun/syo.ping.ha.neun/go*.seul/jjo.a.he*.yo
我喜歡逛街購物。

會話三

Ⓐ 국적이 뭐예요?
guk.jjo*.gi/mwo.ye.yo
你的國籍是什麼？

Ⓑ 대한민국이에요.
de*.han.min.gu.gi.e.yo
大韓民國。

會話四

Ⓐ 옷감 재질이 뭐예요?
ot.gam/je*.ji.ri/mwo.ye.yo
衣料的材質是什麼？

Ⓑ 면입니다.
myo*.nim.ni.da
是棉。

會話五

Ⓐ 여기서 꼭 먹어야 하는 음식은 뭐예요?
yo*.gi.so*/gok/mo*.go*.ya/ha.neun/eum.si.
geun/mwo.ye.yo
這裡一定要吃的是什麼？

Ⓑ 여긴 감자탕이 맛있습니다.
yo*.gin/gam.ja.tang.i/ma.sit.sseum.ni.da
這裡馬鈴薯豬骨湯很好吃。

Ⓑ 드셔 보세요.
deu.syo*/bo.se.yo
您嚐嚐看。

生詞

쇼핑→買東西、購物、逛街
syo.ping
국적→國籍
guk.jjo*k
옷감→衣料、料子、布料
ot.gam
재질→材質
je*.jil

돼요?

dwe*.yo

可以嗎？

會話一

Ⓐ 일기장을 봐도 돼요?
il.gi.jang.eul/bwa.do/dwe*.yo
我可以看日記本嗎？

Ⓑ 그럼요, 봐도 돼요.
geu.ro*.myo//bwa.do/dwe*.yo
當然，你可以看。

會話二

Ⓐ 여기에 앉아도 돼요?
yo*.gi.e/an.ja.do/dwe*.yo
我可以坐這邊嗎？

Ⓑ 죄송하지만, 올 사람이 있어요.
jwe.song.ha.ji.man//ol/sa.ra.mi/i.sso*.yo
對不起，這裡有人要來。

會話三

Ⓐ 더 자도 돼요?
do*/ja.do/dwe*.yo
我可以再睡一會嗎？

Ⓑ 안 돼. 일어나. 얼른!
an/dwe*//i.ro*.na//o*l.leun
不行，起床！快點！

生 詞

일기장→日記本
il.gi.jang

앉다→坐
an.da

오다→來
o.da

자다→睡覺
ja.da

일어나다→起床、起來
i.ro*.na.da

보다→看、觀看
bo.da

그럼→（當作感嘆詞使用時）當然、是啊
geu.ro*m

사람→人
sa.ram

더→再、更
do*

언제예요?

o*n.je.ye.yo

什麼時候？

會話一

Ⓐ 졸업식이 언제예요?
jo.ro*p.ssi.gi/o*n.je.ye.yo
什麼時候畢業典禮？

Ⓑ 다음 주 토요일이요.
da.eum/ju/to.yo.i.ri.yo
下周六。

會話二

Ⓐ 생일이 언제예요?
se*ng.i.ri/o*n.je.ye.yo
你生日是什麼時候？

Ⓑ 그걸 왜 물어요?
geu.go*l/we*/mu.ro*.yo
為什麼問這個？

會話三

Ⓐ 방학이 언제예요?
bang.ha.gi/o*n.je.ye.yo
你什麼時候放假？

Ⓑ 십이월 이일부터요.
si.bi.wol/i.il.bu.to*.yo
從12月2號開始。

會話四

Ⓐ 시험이 언제야?
si.ho*.mi/o*n.je.ya
什麼時候考試？

Ⓑ 시험은 오늘로 다 끝났어.
si.ho*.meun/o.neul.lo/da/geun.na.sso*
考試今天都結束了。

Ⓐ 벌써 끝난 거야?
bo*l.sso*/geun.nan/go*.ya
已經都考完了？

生 詞

졸업식→畢業典禮、畢業式
jo.ro*p.ssik

다음주→下禮拜、下星期、下周
da.eum.ju

토요일→星期六
to.yo.il

방학→放假、假期
bang.hak

끝나다→結束
geun.na.da

벌써→早已經
bo*l.sso*

어디예요?

o*.di.ye.yo

在哪裡？

會話一

Ⓐ 영도 씨 사무실이 어디예요?
yo*ng.do/ssi/sa.mu.si.ri/o*.di.ye.yo
榮道，你辦公室在哪裡？

Ⓑ 제 사무실은 팔층이에요.
je/sa.mu.si.reun/pal.cheung.i.e.yo
我的辦公室在八樓。

會話二

Ⓐ 실례하지만 매표소가 어디예요?
sil.lye.ha.ji.man/me*.pyo.so.ga/o*.di.ye.yo
不好意思，請問售票口在哪裡？

Ⓑ 오른쪽으로 가면 보일 겁니다.
o.reun.jjo.geu.ro/ga.myo*n/bo.il/go*m.ni.da
往右轉就會看到了。

會話三

Ⓐ 사장님, 지금 어디세요?
sa.jang.nim//ji.geum/o*.di.se.yo
社長，你現在在哪裡？

Ⓑ 회사예요.
hwe.sa.ye.yo.
在公司。

Ⓐ 그럼 지금 제가 그쪽으로 가겠습니다.
geu.ro*m/ji.geum/je.ga/geu.jjo.geu.ro/ga.get.
sseum.ni.da
那我現在過去你那邊。

會話四

Ⓐ 여기가 어디예요?
yo*.gi.ga/o*.di.ye.yo
這裡是哪裡？

Ⓑ 여기는 병원입니다.
yo*.gi.neun/byo*ng.wo.nim.ni.da
這裡是醫院。

生詞

사무실→辦公室	
sa.mu.sil	
팔층→八樓	
pal.cheung	
매표소→售票處、售票口	
me*.pyo.so	
오른쪽→右邊、右方	
o.reun.jjok	
그쪽→那邊、那裡	
geu.jjok	
병원→醫院	
byo*ng.won	

⑬ 疑問、詢問

어떡해요?

o*.do*.ke*.yo

怎麼辦、怎麼辦才好?

會話一

Ⓐ 내 남자친구가 계속 전화를 안 받아. 어떡해?

ne*/nam.ja.chin.gu.ga/gye.sok/jo*n.hwa.reul/ an/ba.da//o*.do*.ke*

我男朋友一直不接電話,怎麼辦?

Ⓑ 다른 여자 생긴 거 아니야?

da.reun/yo*.ja/se*ng.gin/go*/a.ni.ya

是不是有了別的女人?

Ⓐ 아니야. 그럴 리 없어.

a.ni.ya//geu.ro*l/ri/o*p.sso*

不,不可能。

Ⓐ 오빠는 절대 그런 사람이 아니야.

o.ba.neun/jo*l.de*/geu.ro*n/sa.ra.mi/a.ni.ya

哥哥絕對不是那種人。

會話二

Ⓐ 지갑을 잃어버렸어요. 어떡하지요?

ji.ga.beul/i.ro*.bo*.ryo*.sso*.yo//o*.do*.ka.ji. yo

我把錢包弄丟了,怎麼辦?

Ⓑ 먼저 경찰서에 신고하세요.

mo*n.jo/gyo*ng.chal.sso*.e/sin.go.ha.se.yo

先去警察局報案。

例句

例 스마트폰이 물에 빠졌어요! 어떡해요?

seu.ma.teu.po.ni/mu.re/ba.jo*.sso*.yo//o*.do*.ke*.yo

智慧型手機掉入水裡了，怎麼辦？

例 아이가 열이 많이 나요. 어떡해요?

a.i.ga/yo*.ri/ma.ni/na.yo//o*.do*.ke*.yo

孩子發高燒了，怎麼辦？

例 제가 노트북을 지하철에 두고 내렸어요. 어떡하지요!

je.ga/no.teu.bu.geul/jji.ha.cho*.re/du.go/ne*.ryo*.sso*.yo//o*.do*.ka.ji.yo

我把筆記型電腦忘在地鐵上就下車了，怎麼辦？

例 회사 기밀 정보가 노출된 것 같은데 어떡하지요?

hwe.sa/gi.mil/jo*ng.bo.ga/no.chul.dwen/go*t/ga.teun.de/o*.do*.ka.ji.yo

公司的機密情報好像外流了，怎麼辦才好？

生詞

신고하다→申報、舉報、報案

sin.go.ha.da

스마트폰→智慧型手機

seu.ma.teu.pon

빠지다→落入、掉進

ba.ji.da

열이 나다→發燒、發熱

yo*.ri/na.da

두다→放、擱置
du.da

내리다→落下、下樓、下車
ne*.ri.da

기밀→機密
gi.mil

노출되다→漏出、曝光、外洩
no.chul.dwe.da

전화를 받다→接電話
jo*n.hwa.reul/bat.da

지갑→皮夾、皮包
ji.gap

먼저→先、首先
mo*n.jo*

경찰서→警察局
gyo*ng.chal.sso*

물→水
mul

누가 그랬어요?

nu.ga/geu.re*.sso*.yo

是誰做的、是誰說的?

會話一

A 여기 이 낙서는 누가 그랬어요?
yo*.gi/i/nak.sso*.neun/nu.ga/geu.re*.sso*.yo
這裡這個塗鴉是誰用的?

B 저 아니에요. 재호가 한 거 아니에요?
jo*/a.ni.e.yo//je*.ho.ga/han/go*/a.ni.e.yo
不是我,是不是載浩做的?

會話二

A 서준 형이 미국으로 이민 가기로 했대.
so*.jun/hyo*ng.i/mi.gu.geu.ro/i.min/ga.gi.ro/
he*t.de*
聽說書俊哥要移民到美國了。

B 누가 그랬어요? 처음 듣는 애기네요.
nu.ga/geu.re*.sso*.yo//cho*.eum/deun.neun/
ye*.gi.ne.yo
是誰說的?我第一次聽說。

生 詞

낙서→塗鴉、亂塗亂寫
nak.sso*

이민을 가다→移民
i.mi.neul/ga.da

처음→第一次、初次
cho*.eum

어떻게 가요?

o*.do*.ke/ga.yo

要怎麼走、怎麼去?

會話

Ⓐ 지하철역까지 어떻게 가요?

ji.ha.cho*.ryo*k.ga.ji/o*.do*.ke/ga.yo

該怎麼去地鐵站呢?

Ⓑ 저 앞에 신호등에서 왼쪽으로 도세요.

jo*/a.pe/sin.ho.deung.e.so*/wen.jjo.geu.ro/do.
se.yo

請在前面的紅綠燈左轉。

Ⓑ 그러면 지하철역이 보일 겁니다.

geu.ro*.myo*n/ji.ha.cho*.ryo*.gi/bo.il/go*m.
ni.da

然後您就會看到地鐵站。

Ⓐ 가르쳐 주셔서 감사합니다.

ga.reu.cho*/ju.syo*.so*/gam.sa.ham.ni.da

謝謝您為我指路。

例句

例 신세계백화점에 가려고 하는데 어떻게 가야 합니까?

sin.se.gye.be*.kwa.jo*.me/ga.ryo*.go/ha.neun.
de/o*.do*.ke/ga.ya/ham.ni.ga

我想去新世界百貨公司,該怎麼走呢?

例 명동으로 가는 길을 가르쳐 주시겠습니까?

myo*ng.dong.eu.ro/ga.neun/gi.reul/ga.reu.cho*
/ju.si.get.sseum.ni.ga

可以告訴我去明洞的路要怎麼走嗎?

例 서울대공원은 어떻게 가죠?

so*.ul.de*.gong.wo.neun/o*.do*.ke/ga.jyo

請問首爾大公園要怎麼去？

例 실례지만 기차역에 어떻게 갑니까?

sil.lye.ji.man/gi.cha.yo*.ge/o*.do*.ke/gam.ni.ga

請問火車站要怎麼去？

例 스키장에 가려면 어떻게 가죠?

seu.ki.jang.e/ga.ryo*.myo*n/o*.do*.ke/ga.jyo

請問要怎麼去滑雪場呢？

生詞

지하철역→地鐵站	
ji.ha.cho*.ryo*k	
신호등→信號燈、紅綠燈	
sin.ho.deung	
왼쪽→左邊	
wen.jjok	
돌다→轉、轉動	
dol.da	
길→路、道路、馬路	
gil	
기차역→火車站、車站	
gi.cha.yo*k	
스키장→滑雪場	
seu.ki.jang	

交友、戀愛

너 별명이 뭐야?

你外號是什麼？

이름이 뭐예요?

i.reu.mi/mwo.ye.yo

你的名字是？

會話一

Ⓐ 이름이 뭐예요?

i.reu.mi/mwo.ye.yo

你的名字是？

Ⓑ 저는 박연희입니다.

jo*.neun/ba.gyo*n.hi.im.ni.da

我是朴妍熙。

會話二

Ⓐ 실례지만, 성함이 어떻게 되십니까?

sil.lye.ji.man//so*ng.ha.mi/o*.do*.ke/dwe.sim.
ni.ga

請問您貴姓大名？

Ⓑ 저는 김영은이라고 합니다.

jo*.neun/gi.myo*ng.eu.ni.ra.go/ham.ni.da

我名叫金英恩。

例句

例 이름이 무엇입니까?

i.reu.mi/mu.o*.sim.ni.ga

您的名字是？

例 이름을 물어봐도 되겠습니까?

i.reu.meul/mu.ro*.bwa.do/dwe.get.sseum.ni.ga

可以請教您貴姓大名嗎？

例 성함을 여쭤 봐도 될까요?

so*ng.ha.meul/yo*.jjwo/bwa.do/dwel.ga.yo

方便請教您的貴姓大名嗎？

반가워요.

ban.ga.wo.yo

幸會、（遇到人）高興

會話

A 처음 뵙겠습니다. 저는 김선우입니다.

cho*.eum/bwep.get.sseum.ni.da//jo*.neun/gim.
so*.nu.im.ni.da

初次見面，我是金宣宇。

B 최영미라고 합니다.

chwe.yo*ng.mi.ra.go/ham.ni.da

我名叫崔英美。

B 만나서 반갑습니다. 말씀 많이 들었습니다.

man.na.so*/ban.gap.sseum.ni.da//mal.sseum/
ma.ni/deu.ro*t.sseum.ni.da

很高興見到你，久仰大名。

例句

例 만나서 반가워.

man.na.so*/ban.ga.wo

很高興見到你。

例 저도 만나서 반갑습니다.

jo*.do/man.na.so*/ban.gap.sseum.ni.da

我也很高興能見到你。

生詞

만나다→見面、相遇
man.na.da
말씀→話語、話（말的敬語）
mal.sseum

오랜만이에요.

o.re*n.ma.ni.e.yo

好久不見

會話一

🅐 정말 오랜만이에요. 잘 지냈죠?

jo*ng.mal/o.re*n.ma.ni.e.yo//jal/jji.ne*t.jjyo

真的好久不見，過得很好吧？

🅑 네, 다시 만나서 너무 반가워요.

ne//da.si/man.na.so*/no*.mu/ban.ga.wo.yo

是啊！再次見到你太高興了。

會話二

🅐 어떻게 지냈어?

o*.do*.ke/ji.ne*.sso*

你過得怎麼樣？

🅑 잘 지냈지. 넌?

jal/jji.ne*t.jji//no*n

過得很好囉！你呢？

例 句

例 오래간만이야. 넌 많이 예뻐졌네.

o.re*.gan.ma.ni.ya//no*n/ma.ni/ye.bo*.jo*n.ne

好久不見，你變得很漂亮耶！

例 오랜만이구나.

o.re*n.ma.ni.gu.na

好久不見！

例 보고 싶었어요.

bo.go/si.po*.sso*.yo

很想念你。

例 요즘은 통 못 뵈었네요.

yo.jeu.meun/tong/mot/bwe.o*n.ne.yo

最近一直沒能見著您呢！

生詞

지내다→過日子、過活	
ji.ne*.da	
요즘→近來、最近	
yo.jeum	
통→完全、根本	
tong	
뵈다→看（보다的謙語）	
bwe.da	

뭐 좋아해요?

mwo/jo.a.he*.yo

你喜歡什麼？

會話一

Ⓐ 음료는 뭐 좋아해요?
eum.nyo.neun/mwo/jo.a.he*.yo
飲料你喜歡喝什麼？

Ⓑ 콜라를 좋아해요.
kol.la.reul/jjo.a.he*.yo
我喜歡喝可樂。

會話二

Ⓐ 선물은 뭐 좋아해요?
so*n.mu.reun/mwo/jo.a.he*.yo
禮物你喜歡什麼？

Ⓑ 목걸이를 좋아해요.
mok.go*.ri.reul/jjo.a.he*.yo
我喜歡項鍊。

會話三

Ⓐ 커피를 좋아해요?
ko*.pi.reul/jjo.a.he*.yo
你喜歡喝咖啡嗎？

Ⓑ 아니요, 난 커피 안 마셔요.
a.ni.yo//nan/ko*.pi/an/ma.syo*.yo
不，我不喝咖啡。

Ⓐ 그럼, 뭐 좋아해요?
geu.ro*m//mwo/jo.a.he*.yo
那你喜歡喝什麼？

B 녹차 좋아해요.
nok.cha/jo.a.he*.yo
我喜歡喝綠茶。

會話四

A 윤진 씨는 운동 뭐 좋아해요?
yun.jin/ssi.neun/un.dong/mwo/jo.a.he*.yo
侖珍，你喜歡什麼運動？

B 수영만 열심히 하는 편이에요.
su.yo*ng.man/yo*l.sim.hi/ha.neun/pyo*.ni.e.
yo
我只有游泳比較勤奮而已。

例 句

例 뭐 싫어해요?
mwo/si.ro*.he*.yo
你討厭什麼？

生 詞

음료→飲料	
eum.nyo	
콜라→可樂	
kol.la	
목걸이→項鍊、項圈	
mok.go*.ri	
녹차→綠茶	
nok.cha	
수영→游泳	
su.yo*ng	
싫어하다→討厭	
si.ro*.ha.da	

14 交友、戀愛

지금 시간 있어요?

ji.geum/si.gan/i.sso*.yo

你現在有空嗎?

會話一

Ⓐ 선배, 지금 시간 있어요?
so*n.be*//ji.geum/si.gan/i.sso*.yo
前輩,你現在有時間嗎?

Ⓑ 왜?
we*
怎麼了?

Ⓐ 그냥 부탁할 게 있어요.
geu.nyang/bu.ta.kal/ge/i.sso*.yo
有事想拜託你。

會話二

Ⓐ 오늘 뭐 바쁜 일 있어?
o.neul/mwo/ba.beun/il/i.sso*
你今天有什麼要忙的嗎?

Ⓑ 아직은 없어.
a.ji.geun/o*p.sso*
目前還沒有。

Ⓐ 그럼 나랑 소풍 가자.
geu.ro*m/na.rang/so.pung/ga.ja
那跟我去郊遊吧。

例句

例 시간을 좀 내 주실 수 있겠어요?
si.ga.neul/jjom/ne*/ju.sil/su/it.ge.sso*.yo
您方便抽點時間給我嗎?

例 다음 주에 시간 있어요?

da.eum/ju.e/si.gan/i.sso*.yo

下周你有時間嗎?

例 지금 바쁘세요?

ji.geum/ba.beu.se.yo

您現在忙嗎?

例 지금 한가하십니까?

ji.geum/han.ga.ha.sim.ni.ga

您現在有空閒嗎?

生詞

부탁하다→拜託、請託	
bu.ta.ka.da	
아직→還、尚	
a.jik	
소풍→郊遊、野遊	
so.pung	
시간을 내다→騰出時間	
si.ga.neul/ne*.da	
다음 주→下周	
da.eum/ju	
바쁘다→忙、忙碌	
ba.beu.da	
한가하다→閒暇、有空閒	
han.ga.ha.da	

놀러 와요.

nol.lo*/wa.yo

過來玩

會話一

Ⓐ 주말에 뭐 할 거야? 집에 있을 거야?
ju.ma.re/mwo/hal/go*.ya//ji.be/i.sseul/go*.ya
你周末要做什麼？會在家嗎？

Ⓐ 너희 집에 놀러 가도 돼?
no*.hi/ji.be/nol.lo*/ga.do/dwe*
我可以去你們家玩嗎？

Ⓑ 그래, 놀러 와.
geu.re*//nol.lo*/wa
好啊，過來玩啊！

Ⓐ 내 동생도 같이 가도 돼?
ne*/dong.se*ng.do/ga.chi/ga.do/dwe*
我也可以帶我弟弟（妹妹）去嗎？

Ⓑ 그럼. 당연하지.
geu.ro*m//dang.yo*n.ha.ji
當然可以。

會話二

Ⓐ 언제 시간 나면 우리 집에 놀러 와요.
o*n.je/si.gan/na.myo*n/u.ri/ji.be/nol.lo*/wa.yo
什麼時候有時間，來我們家玩玩吧。

Ⓐ 내 어릴 때 사진들을 보여 줄게요.
ne*/o*.ril/de*/sa.jin.deu.reul/bo.yo*/jul.ge.yo
我給你看我小時候的照片。

Ⓑ 정말요? 꼭 갈게요.
jo*ng.ma.ryo//gok/gal.ge.yo
真的嗎？我一定去。

例句

例 우리 집에 한 번 놀러 와요.
u.ri/ji.be/han/bo*n/nol.lo*/wa.yo
來我們家玩吧。

例 자주 놀러 오세요.
ja.ju/nol.lo*/o.se.yo
請常常過來玩。

生詞

집에 있다→在家、待在家
ji.be/it.da
너희→你們
no*.hi
놀다→玩
nol.da
동생→弟弟、妹妹
dong.se*ng
당연하다→當然
dang.yo*n.ha.da
사진→照片、相片
sa.jin
꼭→一定、務必
gok

진심이에요?

jin.si.mi.e.yo

你是真心的嗎、你是認真的嗎？

會話一

Ⓐ 난 이혼할 거야.
nan/i.hon.hal/go*.ya
我要離婚。

Ⓑ 너 진심이야?
no*/jin.si.mi.ya
你是真心的嗎？

Ⓐ 그래. 내가 더 이상 그 여자를 감당할 수가 없어.
geu.re*//ne*.ga/do*/i.sang/geu/yo*.ja.reul/gam.dang.hal/ssu.ga/o*p.sso*
對，我再也無法承擔那個女人。

會話二

Ⓐ 진심이에요?
jin.si.mi.e.yo
你是認真的嗎？

Ⓑ 당연하죠. 진심이에요.
dang.yo*n.ha.jyo//jin.si.mi.e.yo
當然，我是認真的。

會話三

Ⓐ 난 너 좋아해. 사귀자.
nan/no*/jo.a.he*//sa.gwi.ja
我喜歡你，我們交往吧！

Ⓑ 진심이야?
jin.si.mi.ya
你是真心的嗎？

Ⓐ 진심이야. 믿어 줘.
jin.si.mi.ya//mi.do*/jwo
認真的，相信我。

生詞

이혼하다→離婚
i.hon.ha.da
감당하다→承擔、擔當
gam.dang.ha.da
좋아하다→喜歡
jo.a.ha.da
사귀다→交往、結交
sa.gwi.da

사랑해요.

sa.rang.he*.yo

我愛你

會話一

Ⓐ 사랑해. 나랑 결혼하자.
sa.rang.he*//na.rang/gyo*l.hon.ha.ja
我愛你，跟我結婚吧。

Ⓑ 네, 나도 사랑해요.
ne//na.do/sa.rang.he*.yo
好，我也愛你。

會話二

Ⓐ 널 사랑해도 돼?
no*l/sa.rang.he*.do/dwe*
我可以愛妳嗎？

Ⓑ 우리 친구 사이잖아.
u.ri/chin.gu/sa.i.ja.na
我們不是朋友嗎？

會話三

Ⓐ 날 얼마나 사랑해?
nal/o*l.ma.na/sa.rang.he*
你有多愛我？

Ⓑ 네가 없으면 안 될정도로 사랑해.
ni.ga/o*p.sseu.myo*n/an/dwel.jo*ng.do.ro/sa.
rang.he*
我無法沒有你。

例句

例 당신을 누구보다 사랑합니다.

dang.si.neul/nu.gu.bo.da/sa.rang.ham.ni.da

我比任何人還要愛你。

例 영원히 당신만 사랑할 거예요.

yo*ng.won.hi/dang.sin.man/sa.rang.hal/go*.ye.
yo

我永遠只愛你一個。

例 너 없이는 살아갈 수 없어.

no*/o*p.ssi.neun/sa.ra.gal/ssu/o*p.sso*

沒有你我活不下去。

生詞

널→你（너를的略語）	
no*l	
친구→朋友	
chin.gu	
사이→（人與人的）關係	
sa.i	
누구→誰、任何人	
nu.gu	
영원히→永遠地	
yo*ng.won.hi	
살아가다→活下去、過活	
sa.ra.ga.da	

보고 싶어.

bo.go/si.po*

想你

會 話

Ⓐ 오빠, 뭐 해? 보고 싶어.

o.ba//mwo.he*//bo.go/si.po*

哥，你在做什麼？想你了。

Ⓑ 그래, 나도 너무 보고 싶다.

geu.re*//na.do/no*.mu/bo.go/sip.da

恩，我也很想你。

Ⓐ 저녁 같이 먹자. 내가 회사로 갈게.

jo*.nyo*k/ga.chi/mo*k.jja//ne*.ga/hwe.sa.ro/
gal.ge

晚餐一起吃吧，我去你公司那裡。

Ⓑ 오빠가 오늘도 조금 늦을 것 같아.

o.ba.ga/o.neul.do/jo.geum/neu.jeul/go*t/ga.ta

我今天可能也會晚一點。

Ⓑ 저녁은 나중에 같이 먹자. 미안.

jo*.nyo*.geun/na.jung.e/ga.chi/mo*k.jja//mi.an

晚餐以後再吃吧，抱歉。

例 句

例 네가 보고 싶어서 미칠 것 같아.

ni.ga/bo.go/si.po*.so*//mi.chil/go*t/ga.ta

我想你想到快瘋了。

例 얼른 돌아와. 보고 싶어.

o*l.leun/do.ra.wa//bo.go/si.po*

快點回來，我想你了。

例 지금 나올래? 보고 싶어.
ji.geum/na.ol.le*//bo.go/si.po*
你要出來嗎？想你了。

生 詞

회사→公司
hwe.sa
조금→一點、稍微
jo.geum
나중에→以後、下次
na.jung.e
미치다→瘋、發瘋、發狂
mi.chi.da
돌아오다→回來
do.ra.o.da
나오다→出來
na.o.da

헤어졌어요.

he.o*.jo*.sso*.yo

分手了、分開了

會話

Ⓐ 남친이랑 오늘 헤어졌어.
nam.chi.ni.rang/o.neul/he.o*.jo*.sso*
我跟男朋友今天分手了。

Ⓑ 너 괜찮아?
no*/gwe*n.cha.na
你還好嗎？

Ⓐ 안 괜찮아. 우리 술 먹으러 가자.
an/gwe*n.cha.na//u.ri/sul/mo*.geu.ro*/ga.ja
不好，我們去喝酒吧。

例句

例 우리 헤어지자.
u.ri/he.o*.ji.ja
我們分手吧。

例 너하고 헤어지고 싶지 않아.
no*.ha.go/he.o*.ji.go/sip.jji/a.na
我不想和你分手。

例 우리 이미 헤어진지 오래예요.
u.ri/i.mi/he.o*.jin.ji/o.re*.ye.yo
我們已經分開很久了。

生詞

남친→男朋友（남자친구的略語）
nam.chin
술을 먹다→喝酒
su.reul/mo*k.da

• track 268

차였어요.

cha.yo*.sso*.yo

被甩了

會話

Ⓐ 걔는 왜 거기서 혼자 술 마시고 있어?
gye*.neun/we*/go*.gi.so*/hon.ja/sul/ma.si.go/
i.sso*
他怎麼獨自在那裡喝酒？

Ⓑ 어제 여자친구한테 차였대.
o*.je/yo*.ja.chin.gu.han.te/cha.yo*t.de*
聽説昨天被女朋友甩了。

Ⓐ 왜?
we*
為什麼？

Ⓑ 그 여자한테 갑자기 약혼자가 생겼대.
geu/yo*.ja.han.te/gap.jja.gi/ya.kon.ja.ga/se*ng.
gyo*t.de*
那個女的突然有了未婚夫。

例句

例 좋아하는 애한테 고백했는데 차였어요.
jo.a.ha.neun/e*.han.te/go.be*.ke*n.neun.de/
cha.yo*.sso*.yo
我跟喜歡的人告白，結果被甩了。

例 내가 그놈을 찬 거야. 절대로 차인 것
아니야.
ne*.ga/geu.no.meul/chan/go*.ya//jo*l.de*.ro/
cha.in/go*t/a.ni.ya
是我甩了那個渾蛋，絕對不是被甩的。

14
交友、戀愛

生 詞

개→那孩子、他（그 아이的略語）
gye*
차이다→被踢、被甩
cha.i.da
약혼자→未婚夫、訂婚者
ya.kon.ja
생기다→發生、產生、出現
se*ng.gi.da
애→小孩、孩子（아이的略語）
e*
차다→踢
cha.da
절대로→絕對、千萬
jo*l.de*.ro

Part 15

用餐、購物

한 번 드셔 보세요.
您嚐嚐看。

배고파요.

be*.go.pa.yo

肚子餓

會話一

Ⓐ 엄마, 배고파.

o*m.ma//be*.go.pa

媽，我肚子餓了！

Ⓑ 조금만 기다려.

jo.geum.man/gi.da.ryo*

等一下。

Ⓑ 엄마가 볶음밥 맛있게 해 줄게.

o*m.ma.ga/bo.geum.bam/ma.sit.ge/he*/jul.ge

媽媽煮好吃的炒飯給你吃。

會話二

Ⓐ 민석아, 김밥 두 줄 사 왔어. 얼른 먹어.

min.so*.ga//gim.bap/du/jul/sa/wa.sso*//o*l.
leun/mo*.go*

民碩，我買了兩條紫菜飯捲，快點吃。

Ⓑ 나 배 안 고파요.

na/be*/an/go.pa.yo

我肚子不餓。

例句

例 배고파요. 밥 주세요.

be*.go.pa.yo//bap/ju.se.yo

肚子餓了，給我飯。

例 배고파요. 먹을 거 있어요?

be*.go.pa.yo//mo*.geul/go*/i.sso*.yo

肚子餓了，有吃的嗎？

生 詞

볶음밥→炒飯	
bo.geum.bap	
김밥→紫菜飯捲	
gim.bap	
줄→條、行、排	
jul	
먹다→吃	
mo*k.da	
맛있다→好吃、美味	
ma.sit.da	
얼른→快點、快	
o*l.leun	
밥→飯	
bap	

먹어 봐요.

mo*.go*/bwa.yo

嚐嚐、吃看看

會話

Ⓐ 이건 내가 만든 케이크예요. 먹어 봐요.
i.go*n/ne*.ga/man.deun/ke.i.keu.ye.yo//mo*.
go*/bwa.yo
這是我做的蛋糕，嚐嚐看吧。

Ⓑ 모양은 좀 그렇지만 먹을 만해요.
mo.yang.eun/jom/geu.ro*.chi.man/mo*.geul/
man.he*.yo
賣相雖不佳，但味道還不錯。

例句

例 자, 이거 좀 먹어 봐. 어때?
ja//i.go*/jom/mo*.go*/bwa//o*.de*
來，嚐嚐看這個，如何？

例 한 번 먹어 보세요.
han/bo*n/mo*.go*/bo.se.yo
請您吃看看。

生詞

만들다→製作	
man.deul.da	
케이크→蛋糕	
ke.i.keu	
모양→模樣、外型	
mo.yang	
그렇다→那樣	
geu.ro*.ta	

천천히 드세요.

cho*n.cho*n.hi/deu.se.yo

請慢用

會話

Ⓐ 김치찌개가 나왔습니다.
gim.chi.jji.ge*.ga/na.wat.sseum.ni.da
泡菜鍋上菜了。

Ⓐ 뜨거우니까 천천히 드세요.
deu.go*.u.ni.ga/cho*n.cho*n.hi/deu.se.yo
很燙，請慢慢吃。

Ⓑ 네, 고맙습니다.
ne//go.map.sseum.ni.da
好，謝謝。

例句

例 천천히 먹어. 아무도 안 뺏어 먹어.
cho*n.cho*n.hi/mo*.go*//a.mu.do/an/be*.so*/
mo*.go*
慢點吃，沒人跟你搶著吃。

例 체할 수 있으니까 천천히 먹어요.
che.hal/ssu/i.sseu.ni.ga/cho*n.cho*n.hi/mo*.
go*.yo
會噎到的，慢點吃。

生詞

김치찌개→泡菜鍋、泡菜湯
gim.chi.jji.ge*
나오다→出來、出現
na.o.da

식욕이 없어요.

si.gyo.gi/o*p.sso*.yo

沒食慾

會話

A 왜 안 먹어? 맛이 별로야?

we*/an/mo*.go*//ma.si/byo*l.lo.ya

你怎麼不吃？不好吃嗎？

B 아니요, 그냥 오늘 식욕이 없어요.

a.ni.yo//geu.nyang/o.neul/ssi.gyo.gi/o*p.sso*.
yo

不，只是今天沒有食慾。

例句

例 한 달전부터 식욕이 없어졌어요.

han/dal.jjo*n.bu.to*/si.gyo.gi/o*p.sso*.jo*.
sso*.yo

一個月前開始就沒有食慾了。

例 밥 먹을 생각 없어요.

bam/mo*.geul/sse*ng.gak/o*p.sso*.yo

還不想吃飯。

生詞

별로→不太、不怎麼、不太好	
byo*l.lo	
식욕→食慾	
si.gyok	
없어지다→消失、沒有了	
o*p.sso*.ji.da	
생각→想法、思考	
se*ng.gak	

원샷!

won.syat

乾杯、一飲而盡

會話

Ⓐ 우리의 우정을 위하여!

u.ri.ui/u.jo*ng.eul/wi.ha.yo*

為了我們的友情！

Ⓑ 친구들 원샷! 건배!

chin.gu.deul/won.syat//go*n.be*

朋友們一飲而盡吧！乾杯！

例句

例 다 같이 원샷하자.

da/ga.chi/won.sya.ta.ja

大家一起來乾杯吧！

生詞

우정→友情、友誼	
u.jo*ng	
친구→朋友	
chin.gu	
건배→乾杯	
go*n.be*	
같이→一起、一同	
ga.chi	

⑮ 用餐、購物

제가 쏠게요.

je.ga/ssol.ge.yo

我請客、我請吃飯

會話

Ⓐ 여러분 덕분에 오늘 일이 잘 마무리가
되었어요.

yo*.ro*.bun/do*k.bu.ne/o.neul/i.ri/jal/ma.mu.
ri.ga/dwe.o*.sso*.yo

託各位的福，今天的工作才能順利收尾。

Ⓐ 수고했어요. 오늘은 제가 쏠게요.

su.go.he*.sso*.yo//o.neu.reun/je.ga/ssol.ge.yo

辛苦了，今天我請客。

Ⓑ 정말 오랜만에 회식이네요. 갑시다.

jo*ng.mal/o.re*n.ma.ne/hwe.si.gi.ne.yo//gap.
ssi.da

真的好久沒聚餐了呢！走吧。

例句

例 오늘 기분이 좋으니까 내가 쏠게.

o.neul/gi.bu.ni/jo.eu.ni.ga/ne*.ga/ssol.ge

今天心情好，我請吃飯。

例 저녁에 다른 약속이 없으시면 제가 저
녁을 사 드릴게요.

jo*.nyo*.ge/da.reun/yak.sso.gi/o*p.sseu.si.
myo*n/je.ga/jo*.nyo*.geul/sa/deu.ril.ge.yo

如果您晚上沒別的事，讓我請吃晚餐吧。

例 오늘 저녁은 제가 삽니다!

o.neul/jjo*.nyo*.geun/je.ga/sam.ni.da

今天晚餐我請客！

生 詞

여러분→各位、諸位	
yo*.ro*.bun	
마무리→（事情）尾巴、結尾、收尾	
ma.mu.ri	
회식→聚餐、飯局	
hwe.sik	
다른→別的、其他的、不同的	
da.reun	
저녁→傍晚、晚餐	
jo*.nyo*k	

제가 낼게요.

je.ga/ne*l.ge.yo

我買單、我來付款

會話一

Ⓐ 제가 낼게요.
je.ga/ne*l.ge.yo
我來買單。

Ⓑ 아니야, 노래방비는 네가 냈으니까 저녁은 내가 낼게.
a.ni.ya//no.re*.bang.bi.neun/ni.ga/ne*.sseu.ni.ga/jo*.nyo*.geun/ne*.ga/ne*l.ge
不，練歌房費用是你出的，晚餐我請吧。

會話二

Ⓐ 오늘 아주 맛있게 먹었어요.
o.neul/a.ju/ma.sit.ge/mo*.go*.sso*.yo
今天吃得很美味，我吃飽了。

Ⓐ 다음에는 제가 낼게요.
da.eu.me.neun/je.ga/ne*l.ge.yo
下次我請吧。

Ⓑ 그래. 알았어.
geu.re*//a.ra.sso*
好，知道了。

例句

例 밥값은 각자 내죠.
bap.gap.sseun/gak.jja/ne*.jyo
飯錢各自付吧。

例 제 식사비는 제가 낼게요.
je/sik.ssa.bi.neun/je.ga/ne*l.ge.yo
我的飯錢我自己付。

生 詞

내다→拿出、付錢	
ne*.da	
노래방→練歌房、KTV	
no.re*.bang	
비→費、費用	
bi	
각자→各自、每個人	
gak.jja	
밥값→飯錢、飯費	
bap.gap	

추천해 주세요.

chu.cho*n.he*/ju.se.yo

請推薦一下、請您推薦給我

會 話

Ⓐ 주문 도와드리겠습니다.
ju.mun/do.wa.deu.ri.get.sseum.ni.da
這邊幫您點餐。

Ⓑ 여기는 뭐가 맛있어요?
yo*.gi.neun/mwo.ga/ma.si.sso*.yo
這裡有什麼好吃？

Ⓑ 안 매운 거 추천해 주세요.
an/me*.un/go*/chu.cho*n.he*/ju.se.yo
請推薦不辣的給我。

Ⓐ 설렁탕은 어떠세요?
so*l.lo*ng.tang.eun/o*.do*.se.yo
您覺得雪濃湯如何？

例 句

例 뭘 권하시겠습니까?
mwol/gwon.ha.si.get.sseum.ni.ga
您推薦什麼呢？

例 추천 좀 해 주시겠어요?
chu.cho*n/jom/he*/ju.si.ge.sso*.yo
可以推薦一下嗎？

例 좋은 식당 하나 추천해 주시겠어요?
jo.eun/sik.dang/ha.na/chu.cho*n.he*/ju.si.ge.
sso*.yo
可以推薦一間不錯的餐廳給我嗎？

生 詞

주문→點餐、訂貨、預購	
ju.mun	
맵다→辣	
me*p.da	
설렁탕→雪濃湯、牛骨湯	
so*l.lo*ng.tang	
권하다→勸、規勸	
gwon.ha.da	
식당→餐館、小吃店	
sik.dang	

얼마예요?

o*l.ma.ye.yo

多少錢？

會話一

Ⓐ 언니, 이거 얼마예요?
o*n.ni//i.go*/o*l.ma.ye.yo
姊，這個多少錢？

Ⓑ 삼천원입니다.
sam.cho*.nwo.nim.ni.da
三千韓圜。

會話二

Ⓐ 구두 한 켤레에 얼마예요?
gu.du/han/kyo*l.le.e/o*l.ma.ye.yo
皮鞋一雙多少錢？

Ⓑ 이만오천원입니다.
i.ma.no.cho*.nwo.nim.ni.da
兩萬五千韓圜。

會話三

Ⓐ 선글라스는 얼마예요?
so*n.geul.la.seu.neun/o*l.ma.ye.yo
墨鏡多少錢？

Ⓑ 오만원이에요.
o.ma.nwo.ni.e.yo
五萬韓圜。

Ⓐ 너무 비싸요.
no*.mu/bi.ssa.yo
太貴了。

例句

例 이것이 얼마입니까?

i.go*.si/o*l.ma.im.ni.ga

這個多少錢?

例 값이 얼마예요?

gap.ssi/o*l.ma.ye.yo

價格是多少?

例 모두 얼마예요?

mo.du/o*l.ma.ye.yo

總共多少錢?

生詞

언니→姊姊(妹妹稱呼姊姊時使用)
o*n.ni
켤레→雙(鞋子、襪子的數量單位)
kyo*l.le
선글라스→太陽眼鏡、墨鏡
so*n.geul.la.seu
비싸다→貴
bi.ssa.da
값→價格、價錢
gap
모두→全部、總共
mo.du

싸게 해 주세요.

ssa.ge/he*/ju.se.yo

算便宜一點

會話

Ⓐ 너무 비싸요. 싸게 해 주세요.
no*.mu/bi.ssa.yo//ssa.ge/he*/ju.se.yo
太貴了，算我便宜一點。

Ⓑ 알았어요. 두 개 사시면 싸게 드리죠.
a.ra.sso*.yo//du/ge*/sa.si.myo*n/ssa.ge/deu.ri.
jyo
知道了，如果您買兩個，就算你便宜囉！

Ⓐ 네, 두 개 살게요. 아저씨, 고맙습니다.
ne//du/ge*/sal.ge.yo//a.jo*.ssi//go.map.sseum.
ni.da
好，我買兩個。大叔，謝謝。

例句

例 좀 할인해 주세요.
jom/ha.rin.he*/ju.se.yo
請打折給我。

例 좀 깎아주세요.
jom/ga.ga.ju.se.yo
請算便宜一點。

例 너무 비싸요. 4만원에 주면 안 돼요?
no*.mu/bi.ssa.yo//sa.ma.nwo.ne/ju.myo*n/an/
dwe*.yo
太貴了，不能算我4萬韓元嗎？

例 깎아 주실 수 있어요?
ga.ga.ju.sil/su/i.sso*.yo
可以算我便宜一點嗎？

例 비싸네요. 좀 싸게 해 주세요.
bi.ssa.ne.yo//jom/ssa.ge/he*/ju.se.yo
很貴呢！算便宜一點吧！

生詞

개→個（東西的數量單位）
ge*
아저씨→大叔、叔叔
a.jo*.ssi
싸다→便宜
ssa.da
할인하다→打折、優惠
ha.rin.ha.da
깎다→砍價、殺價
gak.da

얼마에 샀어요?

o*l.ma.e/sa.sso*.yo

多少錢買的？

會話一

Ⓐ 미령 씨, 그 모자는 얼마에 샀어요?

mi.ryo*ng/ssi//geu/mo.ja.neun/o*l.ma.e/sa.
sso*.yo

美玲，那頂帽子多少錢買的？

Ⓑ 삼만원에 샀어요. 예쁘죠?

sam.ma.nwo.ne/sa.sso*.yo//ye.beu.jyo

三萬韓圜買的，很漂亮吧？

會話二

Ⓐ 그거 어디서 샀어요? 얼마에 샀어요?

geu.go*/o*.di.so*/sa.sso*.yo//o*l.ma.e/sa.sso*.
yo

那個在哪裡買的？多少錢買的？

Ⓑ 이거 지하상가에서 샀어요.

i.go*/ji.ha.sang.ga.e.so*/sa.sso*.yo

這個在地下街買的。

Ⓑ 오천원이었어요.

o.cho*.nwo.ni.o*.sso*.yo

五千韓圜。

生 詞

모자→帽子
mo.ja
원→圜（韓國貨幣單位）
won

Part 16

打招呼、禮貌

안녕히 주무세요.
晚安（對長輩）。

안녕하세요.

an.nyo*ng.ha.se.yo

您好、你好嗎?

會話一

A 아저씨, 안녕하세요.
a.jo*.ssi//an.nyo*ng.ha.se.yo
大叔,您好。

A 미연이 아버님이시죠?
mi.yo*.ni/a.bo*.ni.mi.si.jyo
您是美妍的父親吧?

B 그래.
geu.re*
對。

A 처음 뵙겠습니다.
cho*.eum/bwep.get.sseum.ni.da
初次見面。

A 저는 미연이 친구 최민호라고 합니다.
jo*.neun/mi.yo*.ni/chin.gu/chwe.min.ho.ra.go/
ham.ni.da
我是美妍的朋友,名叫崔民浩。

B 반가워. 미연이 지금 집에 없는데 찾
으러 왔니?
ban.ga.wo//mi.yo*.ni/ji.geum/ji.be/o*m.neun.
de/cha.jeu.ro*/wan.ni
很高興認識你,美妍現在不在家,你是來找她
的嗎?

A 괜찮습니다. 제가 다시 오겠습니다.
gwe*n.chan.sseum.ni.da//je.ga/da.si/o.get.
sseum.ni.da
沒關係,我會再來。

會話二

Ⓐ 안녕하세요. 어디 가세요?
an.nyo*ng.ha.se.yo//o*.di/ga.se.yo
您好，您要去哪裡？

Ⓑ 네, 안녕하세요. 일하러 가요.
ne//an.nyo*ng.ha.se.yo//il.ha.ro*/ga.yo
您好，我去工作。

例句

例 안녕하세요. 저는 진나영입니다.
an.nyo*ng.ha.se.yo//jo*.neun/jin.na.yo*ng.im.
ni.da
您好，我是陳娜英。

生詞

안녕하다→安好、安寧	
an.nyo*ng.ha.da	
아버님→父親、爸爸（아버지的尊稱）	
a.bo*.nim	
반갑다→高興、愉快	
ban.gap.da	
찾다→找、尋找	
chat.da	
일하다→工作、做事	
il.ha.da	

좋은 아침입니다.

jo.eun/a.chi.mim.ni.da

早安

會話一

Ⓐ 좋은 아침입니다.
jo.eun/a.chi.mim.ni.da
早安。

Ⓑ 팀장님, 출장 잘 다녀오셨어요?
tim.jang.nim//chul.jang/jal/da.nyo*.o.syo*.
sso*.yo
組長,您出差順利嗎?

會話二

Ⓐ 안녕하세요. 부장님, 나오셨어요?
an.nyo*ng.ha.se.yo//bu.jang.nim//na.o.syo*.
sso*.yo
您好,部長,您來了。

Ⓑ 네, 좋은 아침입니다.
ne//jo.eun/a.chi.mim.ni.da
早安。

例句

例 굿 모닝!
gut/mo.ning
早安!(Good Morning)

例 다들, 좋은 아침이야.
da.deul//jo.eun/a.chi.mi.ya
大家早安。

生詞

아침→早上、早餐	
a.chim	
출장→出差	
chul.jang	
다녀오다→去過、去了回來、去了一趟	
da.nyo*.o.da	
다들→大家	
da.deul	
팀장→組長、隊長	
tim.jang	
부장→部長	
bu.jang	

안녕히 가세요.

an.nyo*ng.hi/ga.se.yo

再見、請慢走（主人送客人離去時說的話）

會 話

Ⓐ 이만 갈게. 또 보자.
i.man/gal.ge//do/bo.ja
我先走了，再見！

Ⓑ 네, 안녕히 가세요.
ne//an.nyo*ng.hi/ga.se.yo
好的，請慢走。

例 句

例 내일 뵙겠습니다. 안녕히 가세요.
ne*.il/bwep.get.sseum.ni.da//an.nyo*ng.hi/ga.
se.yo
明天見，請慢走。

例 나중에 연락할게요. 그럼 안녕히 가세요.
na.jung.e/yo*l.la.kal.ge.yo//geu.ro*m/an.nyo*
ng.hi/ga.se.yo
以後會再與你連絡，請慢走。

生 詞

이만→到此、就此
i.man
또→又、再
do
뵙다→拜見（뵈다的謙稱）
bwep.da
그럼→那麼
geu.ro*m

안녕히 계세요.

an.nyo*ng.hi/gye.se.yo

再見（要離去的客人對主人說的話）

會話

Ⓐ 조심히 가요. 조만간 연락할게요.

jo.sim.hi/ga.yo//jo.man.gan/yo*l.la.kal.ge.yo

小心慢走，我近期會再連絡你的。

Ⓑ 네, 안녕히 계세요.

ne//an.nyo*ng.hi/gye.se.yo

好的，再見。

例句

例 나오지 마세요. 안녕히 계세요.

na.o.ji/ma.se.yo//an.nyo*ng.hi/gye.se.yo

不要送了，再見。

例 다음에 또 들르겠습니다. 안녕히 계세요.

da.eu.me/do/deul.leu.get.sseum.ni.da//an.nyo*ng.hi/gye.se.yo

下次會再來拜訪，再見。

生詞

조만간→近期、遲早	
jo.man.gan	
나오다→出來	
na.o.da	
다음→下面、下次、之後	
da.eum	
들르다→順道拜訪、（途中）順便去	
deul.leu.da	

잘 가요.

jal/ga.yo

再見、走好、拜拜（用來跟人道別時）

會話

A 잘 가. 들어 가면 전화해.
jal/ga//deu.ro*/ga.myo*n/jo*n.hwa.he*
你走好，回家後打個電話。

B 알았어. 전화할게.
a.ra.sso*//jo*n.hwa.hal.ge
知道了，我會打電話。

例句

例 잘 가요. 또 놀러 와요.
jal/ga.yo//do/nol.lo*/wa.yo
走好，下次再來玩吧。

例 잘 가요. 연락 줘야 해요.
jal/ga.yo//yo*l.lak/jwo.ya/he*.yo
再見，要連絡喔！

例 안녕, 나중에 보자.
an.nyo*ng//na.jung.e/bo.ja
拜拜，以後再見！

生詞

전화하다→打電話	
jo*n.hwa.ha.da	
알다→知道	
al.da	
또→又、再	
do	

잘 자요!

jal/jja.yo

晚安

會話一

Ⓐ 나, 먼저 잘게. 너무 피곤해.

na//mo*n.jo*/jal.ge//no*.mu/pi.gon.he*

我先去睡了，很累。

Ⓑ 잘 자. 좋은 꿈 꿔.

jal/jja//jo.eun/gum/gwo

晚安，做個好夢。

會話二

Ⓐ 오늘 별일 없는 거지?

o.neul/byo*.ril/o*m.neun/go*.ji

你今天沒什麼事吧？

Ⓑ 응.

eung

嗯。

Ⓐ 그럼 일찍 자. 엄마도 잘 거야.

geu.ro*m/il.jjik/ja//o*m.ma.do/jal/go*.ya

那早點睡，媽媽我也要睡了。

Ⓑ 안녕히 주무세요.

an.nyo*ng.hi/ju.mu.se.yo

晚安。（對長輩使用）

例句

例 잘 자요. 내 사랑.

jal/jja.yo//ne*/sa.rang

晚安，我的愛。

例 얼른 주무십시오.

o*l.leun/ju.mu.sip.ssi.o

您快點睡吧！

例 좋은 꿈 꾸세요.

jo.eun/gum/gu.se.yo

祝您有個美夢。

生詞

꿈을 꾸다→做夢

gu.meul/gu.da

별일→特別的事、其他的事

byo*.ril

안녕히→平安地、安寧地

an.nyo*ng.hi

주무시다→睡覺（자다的敬語）

ju.mu.si.da

잘 잤어요?

jal/jja.sso*.yo

早安、睡得好嗎?

會話一

A 어제 잘 잤어요?
o*.je/jal/jja.sso*.yo
昨天睡得好嗎?

B 말도 마. 밤새 못 잤어.
mal.do/ma//bam.se*/mot/ja.sso*
別提了,整晚沒睡。

A 왜요?
we*.yo
為什麼?

B 감기에 걸린 것 같아.
gam.gi.e/go*l.lin/go*t/ga.ta
我好像感冒了。

B 기침이 너무 심하고 목도 아파.
gi.chi.mi/no*.mu/sim.ha.go/mok.do/a.pa
一直咳嗽,喉嚨也好痛。

會話二

A 민석아, 아침에 어른을 보면 인사를 해야지!
min.so*.ga//a.chi.me/o*.reu.neul/bo.myo*n/in.sa.reul/he*.ya.ji
民錫,早上見到長輩,應該要打聲招呼。

B 안녕히 주무셨어요?
an.nyo*ng.hi/ju.mu.syo*.sso*.yo
早安!

例句

例 잘 주무셨어요?

jal/jju.mu.syo*.sso*.yo

您睡得好嗎？

例 민지야, 잘 잤니?

min.ji.ya//jal/jjan.ni

旼志，你有睡好嗎？

例 아빠, 안녕히 주무셨어요?

a.ba//an.nyo*ng.hi/ju.mu.syo*.sso*.yo

爸，早安！

例 어젯밤 좋은 꿈 꿨니?

o*.jet.bam/jo.eun/gum/gwon.ni

昨天晚上有做好夢嗎？

生詞

밤새→整夜、夜間	
bam.se*	
감기에 걸리다→感冒	
gam.gi.e/go*l.li.da	
기침→咳嗽	
gi.chim	
심하다→厲害、嚴重	
sim.ha.da	
목→脖子、喉嚨	
mok	
어른→大人、長輩	
o*.reun	
인사하다→問候、打招呼	
in.sa.ha.da	

감사합니다.

gam.sa.ham.ni.da

謝謝您

會話

Ⓐ 사진을 예쁘게 찍어 주셔서 감사합니다.

sa.ji.neul/ye.beu.ge/jji.go*/ju.syo*.so*/gam.sa.
ham.ni.da

謝謝您幫我拍得這麼美。

Ⓑ 한 장 더 찍어 드릴까요?

han/jang/do*/jji.go*/deu.ril.ga.yo

要再幫您拍一張嗎？

Ⓐ 네, 잘 부탁드려요.

ne//jal/bu.tak.deu.ryo*.yo

好的，麻煩您了。

例句

例 살려 줘서 정말 감사합니다.

sal.lyo*/jwo.so*/jo*ng.mal/gam.sa.ham.ni.da

謝謝你救了我。

例 감사합니다. 제가 이 은혜는 나중에 꼭 갚겠습니다.

gam.sa.ham.ni.da//je.ga/i/eun.hye.neun/na.
jung.e/gok/gap.get.sseum.ni.da

謝謝，我以後必將回報您。

例 많은 도움 진심으로 감사드립니다.

ma.neun/do.um/jin.si.meu.ro/gam.sa.deu.rim.
ni.da

真心感謝您幫助我這麼多。

生詞

사진을 찍다→拍照	
sa.ji.neul/jjik.da	
살리다→救活	
sal.li.da	
은혜→恩惠	
eun.hye	
꼭→一定、務必	
gok	
갚다→償還	
gap.da	
장→張（紙張的數量單位）	
jang	
부탁드리다→拜託、懇請	
bu.tak.deu.ri.da	
나중에→日後、以後	
na.jung.e	
진심→真心、衷心	
jin.sim	

고마워요.

go.ma.wo.yo

謝謝你

會話

A 이렇게 도와 줘서 고마워요.
i.ro*.ke/do.wa/jwo.so*/go.ma.wo.yo
謝謝你這麼幫我。

B 아니에요. 미연이 부탁인데 당연히 해
줘야죠.
a.ni.e.yo//mi.yo*.ni/bu.ta.gin.de/dang.yo*n.hi/
he*/jwo.ya.jyo
不會,這是美妍的請求當然要幫囉!

例句

例 모두들 수고했어요. 고마워요.
mo.du.deul/ssu.go.he*.sso*.yo//go.ma.wo.yo
大家都辛苦了,謝謝。

例 선물을 줘서 고마워요.
so*n.mu.reul/jjwo.so*/go.ma.wo.yo
謝謝你送我禮物。

例 고맙긴요.
go.map.gi.nyo
不用謝。

生詞

고맙다→謝謝	
go.map.da	
당연히→當然	
dang.yo*n.hi	
선물→禮物	
so*n.mul	

별 말씀을요.

byo*l/mal.sseu.meu.ryo

不必客氣、哪裡的話！

會話一

Ⓐ 신경을 많이 써 주셔서 감사합니다.

sin.gyo*ng.eul/ma.ni/sso*/ju.syo*.so*/gam.sa.
ham.ni.da

謝謝您如此費心幫助。

Ⓑ 별 말씀을요. 당연한 일입니다.

byo*l/mal.sseu.meu.ryo//dang.yo*n.han/i.rim.
ni.da

哪裡的話！這是應該的。

會話二

Ⓐ 바쁘신데 여기까지 와 주셔서 감사해요.

ba.beu.sin.de/yo*.gi.ga.ji/wa/ju.syo*.so*/gam.
sa.he*.yo

感謝您百忙之中抽空過來這裡。

Ⓑ 별 말씀을요.

byo*l/mal.sseu.meu.ryo

哪裡的話！

Ⓑ 이렇게 초대해 주셔서 오히려 제가 더
감사하죠.

i.ro*.ke/cho.de*.he*/ju.syo*.so*/o.hi.ryo*/je.
ga/do*/gam.sa.ha.jyo

您如此招待我，反倒是我要謝謝你。

會話三

Ⓐ 주말인데도 불구하고 이렇게 수고해
주셔서 감사합니다.

ju.ma.rin.de.do/bul.gu.ha.go/i.ro*.ke/su.go.he*
/ju.syo*.so*/gam.sa.ham.ni.da

感謝您在周末仍為我如此辛苦。

B 아닙니다. 별 말씀을요.

a.nim.ni.da//byo*l/mal.sseu.meu.ryo

不，不必客氣！

例 句

例 뭘요.

mwo.ryo

哪裡哪裡（別客氣）。

例 천만에요.

cho*n.ma.ne.yo.

不客氣。

例 별 말씀을 다 하십니다.

byo*l/mal.sseu.meul/da/ha.sim.ni.da

您太客氣了。

生 詞

신경을 쓰다→操心、費神
sin.gyo*ng.eul/sseu.da
당연하다→當然
dang.yo*n.ha.da
초대하다→邀請、招待
cho.de*.ha.da
오히려→反而、反倒
o.hi.ryo*
주말→周末
ju.mal
수고하다→辛苦、麻煩、勞駕
su.go.ha.da

죄송합니다.

jwe.song.ham.ni.da

對不起、抱歉

會話

Ⓐ 기다리게 해서 죄송합니다.

gi.da.ri.ge/he*.so*/jwe.song.ham.ni.da

對不起，讓你等我。

Ⓑ 괜찮아요. 저도 조금 전에 왔습니다.

gwe*n.cha.na.yo//jo*.do/jo.geum/jo*.ne/wat.
sseum.ni.da

沒關係，我也剛到。

例 句

例 거짓말을 해서 죄송합니다.

go*.jin.ma.reul/he*.so*/jwe.song.ham.ni.da

對不起，我說謊了。

例 죄송합니다. 제가 큰 실수를 했습니다.

jwe.song.ham.ni.da//je.ga/keun/sil.su.reul/he*t.
sseum.ni.da

對不起，我犯了大錯。

例 자꾸 귀찮게 해 드려서 죄송합니다.

ja.gu/gwi.chan.ke/he*/deu.ryo*.so*/jwe.song.
ham.ni.da

對不起，老是麻煩您。

生 詞

기다리다→等待

gi.da.ri.da

거짓말을 하다→說謊

go*.jin.ma.reul/ha.da

미안해요.

mi.an.he*.yo

對不起、抱歉

會話

A 다 내 잘못이에요. 미안해요.
da/ne*/jal.mo.si.e.yo//mi.an.he*.yo
都是我的錯，對不起。

B 민호 씨 잘못이 아니에요.
min.ho/ssi/jal.mo.si/a.ni.e.yo
那不是民浩的錯。

B 너무 신경 쓰지 마세요.
no*.mu/sin.gyo*ng/sseu.ji/ma.se.yo
別放在心上了。

例句

例 늦게 알려 줘서 미안해요.
neut.ge/al.lyo*/jwo.so*/mi.an.he*.yo
對不起，太晚告訴你了。

例 정말 미안해요. 다시는 이런 일이 없
도록 할게요.
jo*ng.mal/mi.an.he*.yo//da.si.neun/i.ro*n/i.ri/
o*p.do.rok/hal.ge.yo
真的很抱歉，下次不會再有這種事了。

例 늦게 와서 미안해요.
neut.ge/wa.so*/mi.an.he*.yo
抱歉我來晚了。

生詞

잘못→錯誤
jal.mot

신경을 쓰다→費心、操心、放在心上

sin.gyo*ng.eul/sseu.da

알려 주다→告知

al.lyo*/ju.da

이렇다→這樣的

i.ro*.ta

없다→沒有

o*p.da

다→都、全部

da

내→我的（나의的略語）

ne*

아니다→不是

a.ni.da

늦다→晚、遲

neut.da

다시→再次、又

da.si

다 제 탓입니다.

da/je/ta.sim.ni.da

都怪我、都是我不好

會 話

A 다 제 탓입니다.
da/je/ta.sim.ni.da
都是我不好。

A 제가 실수만 하지 않았어도 이길 가능
성이 있었는데
je.ga/sil.su.man/ha.ji/a.na.sso*.do/i.gil/ga.ne-
ung.so*ng.i/i.sso*n.neun.de
如果我沒有失誤，就有可能會贏的。

B 네 탓이 아니다. 내 실력이 아직 부족
한 탓이다.
ni/ta.si/a.ni.da//ne*/sil.lyo*.gi/a.jik/bu.jo.kan/
ta.si.da
不怪你，怪我的實力不夠。

A 아닙니다. 제 탓입니다. 정말 죄송합니
다.
a.nim.ni.da//je/ta.sim.ni.da//jo*ng.mal/jjwe.
song.ham.ni.da
不！都怪我，真的很抱歉。

B 네 탓이 아니라니까.
ni/ta.si/a.ni.ra.ni.ga
就說不是你的錯了。

例 句

例 이 모든 것은 다 내 탓이다.
i/mo.deun/go*.seun/da/ne*/ta.si.da
這一切都怪我。

例 그럼 누구 탓이에요?

geu.ro*m/nu.gu/ta.si.e.yo

那要怪誰？

生詞

탓→怪、歸咎於、責怪	
tat	
이기다→勝、贏、獲勝	
i.gi.da	
가능성→可能性	
ga.neung.so*ng	
실수하다→失手、失誤	
sil.su.ha.da	
실력→實力	
sil.lyo*k	
부족하다→不足、不夠、不充足	
bu.jo.ka.da	

용서해 주세요.

yong.so*.he*/ju.se.yo

請原諒我

會 話

A 엄마가 아무것도 만지지 말라고 했어?
안 했어?
o*m.ma.ga/a.mu.go*t.do/man.ji.ji/mal.la.go/
he*.sso*//an/he*.sso*
媽媽是不是有説什麼都不要亂碰嗎?

B 죄송해요. 내가 잘못했어요.
jwe.song.he*.yo//ne*.ga/jal.mo.te*.sso*.yo
對不起,我錯了。

B 용서해 주세요. 다시는 안 그럴게요.
yong.so*.he*/ju.se.yo//da.si.neun/an/geu.ro*l.
ge.yo
請原諒我,以後不敢了。

例 句

例 다시는 외박 안 할게요! 한 번만 용서
해 주세요.
da.si.neun/we.bak/an/hal.ge.yo//han.bo*n.man/
yong.so*.he*/ju.se.yo
我下次不會再外宿了,原諒我一次吧。

例 용서해 주세요. 다시는 그런 일이 없
도록 하겠습니다.
yong.so*.he*/ju.se.yo//da.si.neun/geu.ro*n/i.ri/
o*p.do.rok/ha.get.sseum.ni.da
請原諒我,以後不會再犯了。

例 좀 양해해 주십시오.

jom/yang.he*.he*/ju.sip.ssi.o

請見諒。

生 詞

엄마→媽媽（暱稱）	
o*m.ma	
아무것도→什麼東西也、任何東西都	
	（後接否定）
a.mu.go*t.do	
만지다→摸、動手、碰	
man.ji.da	
외박→外宿、沒回家	
we.bak	
그런→那樣的	
geu.ro*n	
없다→沒有、不在	
o*p.da	

괜찮아요.

gwe*n.cha.na.yo

沒關係、沒事、別客氣、不用了、還不
錯、都可以

會話一

Ⓐ 어머! 죄송해요.
o*.mo*//jwe.song.he*.yo
哎呀！對不起。

Ⓐ 발을 밟아서 죄송합니다.
ba.reul/bal.ba.so*/jwe.song.ham.ni.da
踩到你的腳，對不起。

Ⓑ 아닙니다. 괜찮아요.
a.nim.ni.da//gwe*n.cha.na.yo
不，沒關係。

會話二

Ⓐ 여기서 담배를 피워도 괜찮아요?
yo*.gi.so*/dam.be*.reul/pi.wo.do/gwe*n.cha.
na.yo
這裡可以吸菸嗎？

Ⓑ 안 돼요. 나가서 피워요.
an/dwe*.yo//na.ga.so*/pi.wo.yo
不行，請你出去抽菸。

會話三

Ⓐ 내가 회사까지 태워 줄게.
ne*.ga/hwe.sa.ga.ji/te*.wo/jul.ge
我載你去公司。

Ⓑ 괜찮아요. 버스가 금방 와요. 버스로
갈게요.

gwe*n.cha.na.yo//bo*.seu.ga/geum.bang/wa.
yo//bo*.seu.ro/gal.ge.yo

不用了，公車馬上就來了，我搭公車去。

Ⓐ 그래. 저녁에 보자.

geu.re*//jo*.nyo*.ge/bo.ja

好，那晚上見。

會話四

Ⓐ 어서 오세요. 뭐 찾으세요?

o*.so*/o.se.yo//mwo/cha.jeu.se.yo

歡迎光臨，您要找什麼？

Ⓑ 청바지 좀 보여 주세요.

cho*ng.ba.ji/jom/bo.yo*/ju.se.yo

請拿牛仔褲給我看看。

Ⓐ 이거 어떠세요?

i.go*/o*.do*.se.yo

這件如何？

Ⓐ 올해 유행하는 스타일입니다.

ol.he*/yu.he*ng.ha.neun/seu.ta.i.rim.ni.da

這是今年流行的款式。

Ⓑ 괜찮네요. 마음에 들어요.

gwe*n.chan.ne.yo//ma.eu.me/deu.ro*.yo

不錯耶！我喜歡。

會話五

Ⓐ 홍차하고 주스가 있는데 뭘로 줄까?

hong.cha.ha.go/ju.seu.ga/in.neun.de/mwol.lo/
jul.ga

有紅茶和果汁，你要喝什麼？

Ⓑ 다 괜찮아.

da/gwe*n.cha.na

都可以。

生詞

발→腳、足	
bal	
밟다→踩、踏	
bap.da	
담배를 피우다→吸菸、抽菸	
dam.be*.reul/pi.u.da	
태우다→使…乘坐、讓…搭上	
te*.u.da	
금방→馬上、立刻	
geum.bang	
올해→今年	
ol.he*	
마음에 들다→喜歡、中意、看上	
ma.eu.me/deul.da	

잘 먹겠습니다.

jal/mo*k.get.sseum.ni.da

我開動了

會話一

Ⓐ 자, 얼른 먹어.

ja//o*l.leun/mo*.go*

來，快點吃吧。

Ⓑ 잘 먹겠습니다.

jal/mo*k.get.sseum.ni.da

我開動了。

Ⓐ 이거 네가 제일 좋아하는 소고기 수프
야. 많이 먹어.

i.go*/ni.ga/je.il/jo.a.ha.neun/so.go.gi/su.peu.
ya//ma.ni/mo*.go*

這是你最喜歡吃的牛肉湯，多吃一點。

會話二

Ⓐ 자, 맛있게 먹어.

ja//ma.sit.ge/mo*.go*

來，要吃得開心哦！

Ⓑ 그럼 잘 먹겠습니다.

geu.ro*m/jal/mo*k.get.sseum.ni.da

那我開動了。

生詞

자→來吧、好	
（使用在用來催促別人進行某一行為時）	
ja	
소고기→牛肉	
so.go.gi	

잘 먹었습니다.

jal/mo*.go*t.sseum.ni.da

吃飽了、吃得很香

會 話

Ⓐ 아주 맛있었어요. 잘 먹었습니다.

a.ju/ma.si.sso*.sso*.yo//jal/mo*.go*t.sseum.ni.da

很美味，我吃飽了。

Ⓑ 벌써 다 먹었어?

bo*l.sso*/da/mo*.go*.sso*

你都吃完了？

Ⓑ 후식도 있는데 가져 올게.

hu.sik.do/in.neun.de/ga.jo*/ol.ge

也有餐後甜點，我去拿。

Ⓐ 아닙니다. 배가 불러서 더 이상은 못 먹겠습니다.

a.nim.ni.da//be*.ga/bul.lo*.so*/do*/i.sang.eun/mon/mo*k.get.sseum.ni.da

不了，我吃飽了，已經吃不下了。

例 句

例 정말 맛있게 잘 먹었습니다.

jo*ng.mal/ma.sit.ge/jal/mo*.go*t.sseum.ni.da

真的很好吃，我吃得很香。

例 완전 배부르게 잘 먹었어요.

wan.jo*n/be*.bu.reu.ge/jal/mo*.go*.sso*.yo

我吃得超飽的。

生 詞

아주→很、非常	
a.ju	
후식→飯後甜點、茶點	
hu.sik	
가져오다→拿來、取來、帶來	
ga.jo*.o.da	
배가 부르다→肚子飽、吃飽	
be*.ga/bu.reu.da	
먹다→吃	
mo*k.da	
벌써→早已經	
bo*l.sso*	
완전→完全、非常、超級	
wan.jo*n	

실례하지만

sil.lye.ha.ji.man

不好意思打擾了、請問

會話

A 실례하지만, 경희대학교까지 어떻게 가죠?

sil.lye.ha.ji.man//gyo*ng.hi.de*.hak.gyo.ga.ji/o*.do*.ke/ga.jyo

不好意思，請問怎麼去慶熙大學呢？

B 저 신호등을 건너서 쭉 가시면 경희대가 나옵니다.

jo*/sin.ho.deung.eul/go*n.no*.so*/jjuk/ga.si.myo*n/gyo*ng.hi.de*.ga/na.om.ni.da

過了那個紅綠燈直走，就會看到慶熙大學。

例句

例 실례하지만, 화장실이 어디입니까?

sil.lye.ha.ji.man//hwa.jang.si.ri/o*.di.im.ni.ga

不好意思，請問廁所在哪裡？

例 실례하지만, 이 거리 이름을 아시나요?

sil.lye.ha.ji.man//i/go*.ri/i.reu.meul/a.si.na.yo

不好意思，請問您知道這條街的名字嗎？

例 초면에 실례하지만 꼭 드리고 싶은 말이 있습니다.

cho.myo*.ne/sil.lye.ha.ji.man/gok/deu.ri.go/si.peun/ma.ri/it.sseum.ni.da

不好意思初次見面打擾了，我有話要與您説。

生 詞

신호등→紅綠燈	
sin.ho.deung	
건너다→渡、過、穿越	
go*n.no*.da	
거리→街道、大街	
go*.ri	
이름→名字	
i.reum	
초면→初面、初次見面	
cho.myo*n	
쭉→一直、不中斷	
jjuk	
경희대→慶熙大學（경희대학교的略語）	
gyo*ng.hi.de*	
화장실→廁所、化妝室	
hwa.jang.sil	
꼭→一定、務必	
gok	

수고했어요.

su.go.he*.sso*.yo

辛苦了

會話一

Ⓐ 이번 일은 무사히 해결되었습니다.
i.bo*n/i.reun/mu.sa.hi/he*.gyo*l.dwe.o*t.
sseum.ni.da
這次的事情平安解決了。

Ⓑ 다들 수고했어요.
da.deul/ssu.go.he*.sso*.yo
大家辛苦了。

Ⓑ 제가 크게 한턱 쏘겠습니다.
je.ga/keu.ge/han.to*k/sso.get.sseum.ni.da
我請吃大餐。

會話二

Ⓐ 오늘 수고하셨습니다.
o.neul/ssu.go.ha.syo*t.sseum.ni.da
您辛苦了。

Ⓐ 제가 집까지 모셔다 드리겠습니다.
je.ga/jip.ga.ji/mo.syo*.da/deu.ri.get.sseum.ni.
da
我送您回家。

Ⓑ 아닙니다. 차 가지고 왔어요.
a.nim.ni.da//cha/ga.ji.go/wa.sso*.yo
不用了，我開車過來的。

例句

例 정말 수고 많았어요! 고맙습니다.

jo*ng.mal/ssu.go/ma.na.sso*.yo//go.map.
sseum.ni.da

您真的辛苦了，謝謝！

例 잘했어요. 수고했어요!

jal.he*.sso*.yo//su.go.he*.sso*.yo

做得很好，辛苦了！

生詞

무사히→平安地、安全地	
mu.sa.hi	
해결되다→解決	
he*.gyo*l.dwe.da	
한턱→請客	
han.to*k	
모시다→陪同、奉陪	
mo.si.da	
잘하다→做得好、擅長	
jal.ha.da	

Part 17

其他

잠시만요.
請稍等

들어오세요.

deu.ro*.o.se.yo

請進

會話

Ⓐ 실례합니다.

sil.lye.ham.ni.da

打擾了。

Ⓑ 아니에요. 들어오세요.

a.ni.e.yo//deu.ro*.o.se.yo

不會,請進。

例句

例 들어오세요. 신발은 안 벗어도 돼요.

deu.ro*.o.se.yo//sin.ba.reun/an/bo*.so*.do/
dwe*.yo

請進,不用脫鞋。

例 들어가도 됩니까?

deu.ro*.ga.do/dwem.ni.ga

請問我可以進去嗎?

生詞

신발→鞋子
sin.bal
벗다→脫
bo*t.da
들어가다→進去
deu.ro*.ga.da

잠시만요.

jam.si.ma.nyo

請稍等

會 話

Ⓐ 저기요, 남은 음식을 좀 포장해 줄 수
있습니까?

jo*.gi.yo//na.meun/eum.si.geul/jjom/po.jang.
he*/jul/su/it.sseum.ni.ga

服務生，可以幫我把剩下的食物包起來嗎？

Ⓑ 네, 잠시만요.

ne//jam.si.ma.nyo

好的，請稍等。

例 句

例 그렇군요. 잠시만요.

geu.ro*.ku.nyo//jam.si.ma.nyo

這樣啊！請稍等。

例 알겠습니다. 잠시만요.

al.get.sseum.ni.da//jam.si.ma.nyo

我明白了，請稍等。

生 詞

남다→剩餘、剩下
nam.da
포장하다→包裝、打包
po.jang.ha.da

17
其

他

더워 죽겠어요.

do*.wo/juk.ge.sso*.yo

熱死了!

會 話

Ⓐ 정말 더워 죽겠어. 선풍기 없어?

jo*ng.mal/do*.wo/juk.ge.sso*//so*n.pung.gi/o*p.sso*

真的熱死了,沒有電風扇嗎?

Ⓑ 있는데 어제 고장났어요.

in.neun.de/o*.je/go.jang.na.sso*.yo

有,但是昨天壞掉了。

Ⓐ 그럼, 에어컨 좀 켜면 안 돼?

geu.ro*m//e.o*.ko*n/jom/kyo*.myo*n/an/dwe*

那不能開空調嗎?

例 句

例 너무 더워 죽겠어요. 가만 있어도 땀이 나요.

no*.mu/do*.wo/juk.ge.sso*.yo//ga.man/i.sso*.do/da.mi/na.yo

熱死了,不動也會流汗。

例 추워 죽겠어요.

chu.wo/juk.ge.sso*.yo

冷死了。

生 詞

가만 있다→停下、不動、老實地待著
ga.man/it.da

땀이 나다→出汗、流汗
da.mi/na.da

앉으세요!

an.jeu.se.yo

請坐！

會話

Ⓐ 와 주셔서 감사합니다.
wa/ju.syo*.so*/gam.sa.ham.ni.da
謝謝您能過來。

Ⓐ 여기에 앉으세요.
yo*.gi.e/an.jeu.se.yo
請坐這裡。

Ⓑ 고맙습니다.
go.map.sseum.ni.da
謝謝您。

Ⓐ 차는 뭐로 드릴까요?
cha.neun/mwo.ro/deu.ril.ga.yo
茶要給您什麼？

Ⓐ 커피와 녹차가 있는데.
ko*.pi.wa/nok.cha.ga/in.neun.de
有咖啡和綠茶。

Ⓑ 그럼 커피로 주세요.
geu.ro*m/ko*.pi.ro/ju.se.yo
那請給我咖啡。

例句

例 이리 와요. 내 옆에 앉아요.
i.ri/wa.yo//ne*/yo*.pe/an.ja.yo
你過來這裡，坐在我的旁邊。

例 여기 소파에 앉으세요.
yo*.gi/so.pa.e/an.jeu.se.yo
請坐在這邊的沙發上。

生 詞

차→茶	
cha	
커피→咖啡	
ko*.pi	
녹차→綠茶	
nok.cha	
드리다→給（是주다的敬語）	
deu.ri.da	
옆→旁邊、側面	
yo*p	
소파→沙發	
so.pa	

출발합시다!

chul.bal.hap.ssi.da

出發！

會話

A 준비 다 됐어요?
jun.bi/da/dwe*.sso*.yo
都準備好了嗎？

B 네, 이제 출발할 시간이에요.
ne//i.je/chul.bal.hal/ssi.ga.ni.e.yo
準備好了，現在該出發了。

A 오케이, 출발합시다!
o.ke.i//chul.bal.hap.ssi.da
OK，我們出發吧。

例句

例 자, 모두들, 얼른 출발합시다.
ja//mo.du.deul//o*l.leun/chul.bal.hap.ssi.da
來，大家趕快出發吧。

例 더 이상 기다리지 말고 출발합시다.
do*.i.sang/gi.da.ri.ji/mal.go/chul.bal.hap.ssi.da
不要再等了，我們出發吧。

生詞

준비→準備、籌備	
jun.bi	
기다리다→等待	
gi.da.ri.da	

17
其

他

시작합시다.

si.ja.kap.ssi.da

我們開始吧

會話

Ⓐ 자, 우리 시작합시다.
ja//u.ri/si.ja.kap.ssi.da
來，我們開始吧。

Ⓑ 잠깐만요. 전 아직 준비 안 됐습니다.
jam.gan.ma.nyo//jo*n/a.jik/jun.bi/an/dwe*t.
sseum.ni.da
等一下，我還沒準備好。

例句

例 다시 처음부터 시작하자.
da.si/cho*.eum.bu.to*/si.ja.ka.ja
我們再重新開始吧。

例 최대한 빨리 시작하시죠.
chwe.de*.han/bal.li/si.ja.ka.si.jyo
請您盡量快點開始。

生詞

시작하다→開始

si.ja.ka.da

처음→一開始、起初

cho*.eum

최대한→最大限度、盡量

chwe.de*.han

永續圖書
線上購物網

www.foreverbooks.com.tw

韓流來襲：你最想學的那些韓劇臺詞

雅致風靡　典藏文化

親愛的顧客您好，感謝您購買這本書。即日起，填寫讀者回函卡寄回至本公司，我們每月將抽出一百名回函讀者，寄出精美禮物並享有生日當月購書優惠！想知道更多更即時的消息，歡迎加入"永續圖書粉絲團"您也可以選擇傳真、掃描或用本公司準備的免郵回函寄回，謝謝。

傳真電話：（02）8647-3660　　　電子信箱：yungjiuh@ms45.hinet.net

姓名：		性別：　□男　□女
出生日期：　年　月　日		電話：
學歷：		職業：
E-mail：		
地址：□□□		
從何處購買此書：		購買金額：　　　元
購買本書動機：□封面 □書名□排版 □內容 □作者 □偶然衝動		
你對本書的意見： 內容：□滿意□尚可□待改進　編輯：□滿意□尚可□待改進 封面：□滿意□尚可□待改進　定價：□滿意□尚可□待改進		
其他建議：		

總經銷：永續圖書有限公司

永續圖書線上購物網
www.foreverbooks.com.tw

您可以使用以下方式將回函寄回。

您的回覆，是我們進步的最大動力，謝謝。

① 使用本公司準備的免郵回函寄回。

② 傳真電話：（02）8647-3660

③ 掃描圖檔寄到電子信箱：

　yungjiuh@ms45.hinet.net

沿此線對折後寄回，謝謝。

廣 告 回 信

基隆郵局登記證

基隆廣字第056號

2 2 1 - 0 3

 雅典文化事業有限公司　收
新北市汐止區大同路三段194號9樓之1

雅致風靡　典藏文化